JAKE GROGAN

ORIGINS OF A STORY

202 TRUE INSPIRATIONS

BEHIND THE WORLD'S

GREATEST LITERATURE

202 部伟大作品如何 诞生?

一本书
就是一个喷嚏

[美] 杰克·格罗根　著

何雨珈　译

中信出版集团 | 北京

献给我的爸爸和妈妈

目　录

引言

引　言

离家启程去福特汉姆大学求学前夕，我听到了这辈子都铭记在心的建议。大概是这样的，"列一张单子，写下那些给你鼓舞、让你产生灵感的人，然后尽你所能，去多了解一下是哪些人鼓舞了他们，给了他们灵感"。这建议应该不算新奇，但也从此影响了我对书籍的思考和阅读的方式。无论看什么书，我都不自觉地去想书里的故事因何而起，甚至在看完一本书很久之后，还念念不忘。是什么样的奇思妙想给了哈珀·李灵感，让她写出了《杀死一只知更鸟》？托尔金和《魔戒：魔戒现身》呢？早在产生写这本书的想法之前，我就会去搜寻这些小问题的答案，来充实我的阅读体验。后来有个朋友建议说，我应该把这些答案集中到一处，于是，这种搜寻工作就变得更系统更有计划性了。

探寻故事的起源时，我首先会思考两个关键问题："怎么来的？""为什么？"作者是怎么产生某种想法的？为什么要写？我惊讶地发现，有很多起源都是类似的。"怎么来的"，通常核心是作家的经历，生活的经历也好，阅读的经历也好（尽管这两者有时候可以分得很清楚）；而"为什么"呢，几乎都是直接由"怎么来的"引发的。这个发现是放之四海而皆准的科学道理吗？当然不是。关于每本书的起源，其重要的来龙去脉都有不同。但也没关系啊，也没人说过愉快的阅读就应该一板一眼、四平八稳嘛。

往深里探究，这些名作的根源可谓五花八门，各有来路。想想玛丽·雪莱的《弗兰肯斯坦》，灵感竟然来源于一个梦，真是令人难以置信。而那个梦竟然是因为文明史上一次最致命的火山喷发，这就更像天方夜谭。我也万万没想到，《绿鸡蛋和火腿》竟然是一次打赌的结果，苏斯博士接受朋友的赌约，写一本不超过五十个单词的书；而《波特诺伊的怨诉》最初是在制作滑稽剧《哦！加尔各答！》时写出来的一段讽刺独白，要在舞台上伴随幻灯片念出来的。奇了怪了，玛格丽特·米切尔写《飘》，是因为她丈夫厌倦了为病弱的妻子一趟趟跑图书馆借还书！这些已经不是单纯的来龙去脉，它们本身就是有趣的故事。

不管是文学、艺术，还是其他作品，都是影响与灵感的聚合。如果故事里的上下文至关重要，那么字里行间之外的来龙去脉也一样要紧。对两方面进行整体思考，就能把你喜欢的书看得更清楚更充分。这本书就能帮你达成这个目的。

也许这些关于灵感的小故事能给你灵感，挖掘自己内心的艺术家气质，创造出一些神奇的东西。也许它们能够改变你吸收艺术作品养分的方式，让你去思考每一笔每一画都凝聚了怎样的感情。也许你能对自己最喜欢的文学作品有一些新的了解。不管它们产生了什么影响，希望你永远不要忘记，在每个故事背后，都还有另一个值得一读的故事。

《玛蒂尔达》

罗尔德·达尔

—

1988

罗尔德·达尔喜欢坐在花园的小屋里，写啊写啊直到深夜。他就坐在妈妈那把老旧的扶手椅上，文思如泉涌。他需要的东西很少：六支铅笔，一把电动卷笔刀，一个拿来盖在腿上保暖的旧睡袋。"我还记得晚上醒来去上厕所，看到外面黑漆漆的，而小屋里灯光还亮着。"他的女儿露西·达尔接受公共广播电台（NPR）的采访时说，"我也不知道究竟几点了，但那些日子他在改编剧本；各种截稿日期真是要了他的命。他一点也不喜欢踩着截稿日期写作。但他也没办法，只能这样。"

达尔可能很不喜欢为了钱而写作，但依然全身心投入，以一个作家应有的职业道德，写出了《詹姆斯与大仙桃》以及《查理和巧克力工厂》这些作品。"大多数故事都挺糟糕的，"1972年接受英国广播公司（BBC）四台采访时，罗尔德·达尔说他会把这些故事讲给女儿们听，"但你也时不时地讲上一个，看她们是不是感兴趣。如果第二天晚上她们说，'再给我们多讲讲那个故事吧'，你就知道这下对了。"

当然，20世纪80年代中后期写《玛蒂尔达》时，达尔膝下的女儿都长大了，再没人来帮他决定一个故事是不是值得写下去。露西认为，爸爸写这最后一本长篇儿童小说的灵感，最大的推动力是恐惧。她说："《玛蒂尔达》大概是他写得最艰难的书之一。我想他心里有深切而真实的恐惧，觉得书籍会慢慢消失，他想把这种感觉写下来。"

达尔对待儿童文学写作这个任务几近严苛。他会一遍遍不厌其烦地修改文字，直到终稿完成，很多时候，修改文字的过程几乎算得上重写了。1986年12月，达尔在给露西的信中写道："我这么久没给你写信，是因为每分每秒都在赶一本新的童书。现在终于写

> "我想他心里有深切而真实的恐惧，觉得书籍会慢慢消失，他想把这种感觉写下来。"

完了，我也非常清楚，接下来的三个月还得把后半部分重写一遍。前半部分很棒，写的是个小女孩，用眼睛就能移动东西；还有个讨厌的女校长，会扯着小孩子的头发把他们提起来，让他们一只耳朵挂着吊在高楼的窗户上。但我想到了一个很好的后半部分。所以目前的后半部分必须报废了。三个月的工作，就这么付诸东流了。不过本来就是这样，没办法。《查理和巧克力工厂》我应该总共重写了五六次吧，这事儿也没人知道。"

重写《玛蒂尔达》听着就是很大的工程，但后来他又觉得，玛蒂尔达·沃姆伍德不应该是个调皮捣蛋的孩子，于是真的再次对整个故事进行了大改，相比之下，后半部分的改动也不过就是花园小棚屋中舒舒服服的一夜罢了。1988年的一个电台节目录音中，达尔说："我搞错了。我花了六个月、八个月还是九个月去写这本书，写完发现感觉不对。就是不对。我没有备用的想法，也没有边写边改。可是这个人物，这个主角，这个小女孩，是一直在变的啊。我根本

没费那个心思去重写开头的那几章。所以，一年前，我开始对整本书进行重写，把每个字都重写了一遍。我发现自己错在哪儿了，人物的感觉终于对了。"

《夏洛的网》

E.B. 怀特

—

1952

　　编辑请 E.B. 怀特写写《夏洛的网》背后的故事，于是他写了封信给出版公司的市场部，开头如是说："有人叫我讲讲怎么写出《夏洛的网》。嗯，我喜欢动物，要是不写一写，那也太奇怪了。动物就是我的软肋。我写到乡下的一个地方，非常确定那里会有动物出现，它们就出现了。"但给怀特写这本书灵感的，不一定是他对动物的喜爱。不如这么说，这种喜爱让他和两只动物形成了某种关系，而这两只动物给了他创造书中两个主要角色的灵感。

　　怀特在缅因拥有一个运转良好的畜牧场，屠宰自己悉心照顾的动物早已经是家常便饭。"对于喜欢动物的人来说，农场是个很特别的问题，因为大多数家畜的命运就是被饲主杀掉。"他曾写道。农场上的日常一向如此，但出现了特殊情况：一头猪病了，怀特没有杀掉它，而是决定照顾它，让它恢复健康。怀特悉心照料，但猪还是病死了，他写了《猪之死》，发表在《大西洋月刊》(*The Atlantic*)上，里面提到此事，"他明显已经成了我的宝贝，并不是因为他代表了未来用以果腹的盘中餐，而是因为他在一个充满苦楚的世界中受着苦。"怀特在那封信中写道，"我一天比一天更熟悉我的猪儿，他也更熟悉我。但这精彩的旅程最终将以我两面三刀的背叛告终，于是整件事情蒙上了一层怪异可怕的色彩……不管怎么说，《夏洛的网》这本书的主题就是要拯救一头猪，我模模糊糊地觉得，在自己的内心深处，也有个与之差不多的愿望。"

夏洛那时候还是谷仓里一只普通的蜘蛛。她与E.B.怀特的偶遇，发生在一个寒冷的十月的夜晚。怀特总是带着亲切与慈爱，去细细观察一切动物的神奇之处，正巧就看到夏洛在编织她的卵囊。于是怀特拿来一把梯子，又找了盏工作灯，想更清楚地看看她变成母亲的过程。后来他因为公事不得不回纽约一趟，更是放不下这小蜘蛛的卵囊，还曾写道："几天后，我该回纽约了，却不愿意离开我的蜘蛛，于是拿了一把刮胡刀，割掉飘在斜屋顶檐下的卵囊，把蜘蛛和卵囊放进一个糖盒子，带着她们一起上路。"盒子在梳妆台抽屉里放了几个星期，卵孵出来了，气孔里钻出了小小的蜘蛛。"她们在我的梳子和刷子、刷子和镜子、镜子和指甲刀之间，都牵起了细细的蛛丝，"怀特写道，"她们忙个不停，但我几乎看不到，因为她们是那么那么的小。我们在一起幸福地生活了几个星期，结果负责给梳妆台除尘的某个人失手犯下大错，我的精彩演出也宣告结束。"

那说到底，他究竟为什么写了这本书呢？"我还没讲到底为什么写这本书，但我也没讲自己为什么会打喷嚏啊，"怀特写道，"一本书就是一个喷嚏。"

《人鼠之间》

约翰·斯坦贝克

—

1937

"我自己就是这种诅咒之下的流浪汉，"在 1937 年的一次采访中，斯坦贝克对《纽约时报》（*The New York Times*）如是说，"我也在故事发生的那个乡村工作。"斯坦贝克是土生土长的加州萨利纳斯山脉人，家境富裕，他所在区域的经济全仰赖农场工人的劳作。他经常和父亲及两个姐妹在山谷之间长途驱车，亲眼看到外出做工的人们忍受着艰苦的生活条件，渐渐对这个群体产生了兴趣。后来，青年时代的他又开始和工人们一同旅行，过去的兴趣日益浓厚。他觉得这些贫穷的劳工虽然毫无话语权，却拼尽全力去追逐美国梦，他们的故事应该被写出来。斯坦贝克珍视自己所在的山谷，而这些工人都在山谷中工作和生活，所以他的愿望就更显得迫切。他在给朋友的信中写道："我觉得我应该是想讲讲整个山谷的故事，写写这荒野山间所有的小镇子，所有的农场和牧场。我都能想象出它在我笔下的样子，我要把它写成世界瞩目的山谷。"斯坦贝克的灵感之神就是这些人——住在他故乡加州美丽的土地上，靠山吃山，想要混出个名堂的人们。

他取的书名更让这种情感浓厚了许多。"人鼠之间"这个词，来自罗伯特·彭斯（Robert Burns）[1] 的诗《致小鼠》（*To a Mouse*），原句是这样的："无论人鼠，即便计划万全／依旧常常落空。"

斯坦贝克还会从过去遇到的人中汲取灵感，他笔下很多人物都依稀有曾和他共同旅行的工人们的影子。还是在《纽约时报》的那次采访中，他说："莱尼是真实存在的人物。他现在住在加州一间精神病院。我曾经有好几个星期在他身边工作。他倒没有弄死女孩子，而是弄死了牧场的一个工头。因为工头开除了他的哥们儿，所以他怀恨在心，拿起一把干草叉从工头肚子上直插出去。真的不想跟你说我亲眼看着他插了多少下。我们根本拦不住他，最后事情根本无可挽回了。"类似的种种事件为斯坦贝克带来了深远影响，最终让他开始写作自己最出色的著作之一。

《火车上的女孩》

宝拉·霍金斯

一

2015

"十七岁的我根本没想过要为那些人写一本书，但还是有所感觉，感觉到一种很强烈的联结，几乎可以说是渴望，一直没有消逝。"宝拉·霍金斯在文学刊物《杂志》（*Magazine*）的"特邀嘉

---

[1] 苏格兰民族诗人，中国听众耳熟能详的那首《友谊地久天长》，歌词便出自他之手。——译者注（以下注释若无特殊说明，均为译者注。）

宾"专栏中这样写道："后来，很久很久以后，在去伦敦另一个地方的另一趟路上，一个已经没那么浪漫的我无所事事地想着，要是这一路上看到了什么令人震惊的事情，我会做什么？如果我像《后窗》中那样，在火车车厢上目睹了狂暴的一幕，真不知道自己会怎么办。我会告诉别人吗？会去报警吗？他们会相信我吗？我自己会相信自己吗？如果只是匆匆瞥了一眼，就在那么短短一瞬看到谁的手掐着谁的脖子之类的呢？如果看到的那一刻是出于激情而非暴力呢？思考的结论是，我应该不会对任何人说起，而是尽量把那画面忘掉，说服自己这些都是胡思乱想出来的。这趟旅途中产生的想法形成了某种东西的基础，那是一个故事的萌芽，是我可能会写的故事的萌芽。我想，那个时候我应该是清楚这一点的。但我仍然没有行动。"

直到现代社会历史上最严重的一次经济崩溃来临，霍金斯才被迫跳出了她的"舒适区"。在那之前她主要是为伦敦一家报纸做记者，撰写个人理财方面的文章。她开始用笔名"艾米·西尔维"写作，出版走浪漫喜剧路线的小说，勉强支撑着生活了五年。在第四本小说没能达到出版商的销售预期后，她才改变了路线，霍金斯算是再次从绝境中获取了灵感。这个出生于津巴布韦的女作家开始思考一个自己觉得很有发展前途的故事。毕竟，这个故事的开头她早就想好了，只需要一个行动的理由。

"于是蕾切尔就出现了，她就是《火车上的女孩》的女主角，"在上述同一篇采访文章中，霍金斯写道，"不过她一开始不是蕾切尔，而是别的人，没有名字，没有成型，游荡在我脑子里的另一个故事中。她是个酒鬼，一个醉醺醺的女人，不可信赖，茫然失措，直跌人生谷底，是非常糟糕的目击者，也是全世界最不合适的解谜人。等我把这个醉醺醺的女人放到一列火车上，才发现她有了声音；有了声音，她就变成了蕾切尔，那么鲜明地冲出来，几乎完全成型，很丰满，有苦楚酸涩，也有热切的渴望；有遗憾追悔，也有控告指责；她喜欢坐在火车上看向窗外，看铁轨边的房子里发生着什么事情，她的命运也因此注定。"

《记忆传授人》

洛伊丝·劳里

一

1993

在一次采访中，洛伊丝·劳里被问到是什么给了她创作《记忆传授人》的灵感，她马上否认这本书含有任何政治色彩。"我真的不热衷政治。"她说。这个故事的灵感其实来自非常私人的经历，就是父亲与日渐衰老和记忆丧失所做的斗争。"我越来越明显地感觉到，他正在丧失那些对我来说十分重要的回忆。"劳里说："话说回来，我同时也明白，他挺自得其乐的，因为所有经历过的忧伤或恐惧，他都忘掉了。他忘掉了自己参加过的'二战'，忘掉了年纪轻轻便死掉的姐姐，忘掉了自己的长子。"父亲丧失了记忆，却再也不用承担痛苦回忆带来的重担，这两种情况让劳里不禁思考，没有回忆的世界，将是什么样子呢？"于是我开始构思一本书，里面的人找到了一种办法，可以操纵人类的记忆，让他们记不住任何糟糕的事情。"接受 NPR 采访时，她说。构思好了，下一步也很清楚了：拿起纸笔开始写。"一个作家开始思考那种以'如果'开头的问题时，一个故事就开始成型了。《记忆传授人》就是这样开始的。"

作为军人家庭出生、排行中间的孩子，劳里说，她沉浸于文学与讲故事的幻想世界，都是因为总是跟随家庭漂泊，居无定所，而父母又把大部分时间都花在兄弟姐妹身上。她的笔记本上总有潦草的笔迹，有的是故事，有的是诗。她成为自由撰稿人和摄影师，到 20 世纪 70 年代中期才开始向儿童文学过渡。她在漫长的写作生涯中涉猎颇广。劳里写道："我写的书，内容和风格都不尽相同。不过在我看来，所有的书在本质上，都有一个共同的大主题：人类情感纽带的重要性……《记忆传授人》所在的文化和时间背景是全新的、截然不同的。尽管它整体的视野比我之前的书都要宽广。这本书所反映的仍然是同一个问题：人类彼此之间是互相依存的，这个世界、环境和我们也都是互相依存的。人类一定要认识到这一点，这至关重要。"

> "父亲丧失了记忆，却再也不用承担痛苦回忆带来的重担，这两种情况让劳里不禁思考，没有回忆的世界，将是什么样子呢？"

《普通人》

朱迪斯·格斯特

一

1976

"一开始我是当个短篇来写的，"关于自己的小说，朱迪斯·格斯特这样写道，"而且还没准备好把人物都安排进去，所以我就想，先好好写写真正的故事发生以前……再写写故事发生以后……不知不觉之间，怎么就快写了两百多页了？"全职写作之前，格斯特在公立学校教书，所以经常和孩子们在一起，也许这段经历影响了她在书中对十几岁少年的描写。写作《普通人》期间，她离职了。这本小说在20世纪80年代中期就关注精神疾病，而此时大多数作家都还在写越战。独特的主题使其声名鹊起。她写道："作家永远不会知道，某个话题究竟是自己一厢情愿的执迷不悟，还是终于引起关注的大众主题。同期有很多描写越战的书纷纷出版，都是很重要的书，但没人读，因为人们还没做好读越战题材的心理准备。不知道为什么，他们却做好了读青少年自杀题材的准备。"

格斯特这本小说不断提到抑郁，特别是抑郁的各种形式，以及在经历了种种程度的抑郁之后，要重新去适应社会，又会经历多么艰难的水土不服。正如格斯特所说："我写这个题材，就是想深入去探索剖析抑郁症，看看到底是怎样的原理，为什么人们会得抑郁症；又是怎么经历不同的阶段，从特别低落但还可以应付，到特别低落也根本不想应付；再到拿自己的生命走极端，自杀未遂，回到现实世界，被迫'装成正常人'。而实际上，你已经永远地改变了。"

《黑骏马》

安娜·塞维尔

–

1877

安娜·塞维尔写《黑骏马》，用了相对独特的叙事策略，她从动物的角度出发，想要在 19 世纪头一个十年的后期发起一场关于动物福利的讨论。塞维尔生过大病，行动不便，只能靠马拉车去往各处，所以长期以来她跟家里的马儿之间有着紧密深厚的感情，而那时候人们还普遍将动物看作工具，没什么感情。维多利亚时期的英国，文明的方方面面都要用到马匹。马儿们通常被迫做工到筋疲力尽，体力超支，却没有任何人考虑到它们是否幸福健康。这种大众心态促使塞维尔创造了书中的叙述者——"黑骏马"，据说灵感来源是塞维尔家一匹名叫"贝斯"的马。塞维尔相信，让马儿发声，赋予它表达观点、被人们注意到的权利，也许能让人类有所醒悟，以更人道的方式来对待动物。

《美丽新世界》

阿道司·赫胥黎

1932

在小说处女作《克罗姆庄园的铬黄》（*Crome Yellow*）中，阿道司·赫胥黎写道："没有人类感情的一代将取代大自然原有的糟糕体系。在巨大的国家孵化器中，一排又一排的孕瓶将为这个世界提供需要的人口。家庭制度将会消失；社会最根本的基础被侵蚀了，只能寻找新的地基。美丽又不负责任的轻佻爱神之子厄洛斯，将会如快乐放荡的蝴蝶，在阳光普照的世界里，轻快地在花间飞舞。"这本书本身就是讽刺之作，而这段文字描绘的未来世界，更是和《美丽新世界》中的设定有着诡异的相似。

那时候的赫胥黎已经是个声名卓著的杂志撰稿人、诗人和讽刺作家了。《美丽新世界》这本反乌托邦小说，灵感来自 H. G. 威尔斯（H. G. Wells）[1]。其实，《美丽新世界》本来要成为威尔斯的《现代乌托邦》（*A Modern Utopia*）等作品的拙劣模仿之作。赫胥黎在给一个朋友的信中提到，"抱着 H. G. 威尔斯的大腿，还挺开心的"，但之后却"为自己的想法而激动，沉醉其中"。1931 年他开始写这本书，

---

[1] H.G. Wells，全名是赫伯特·乔治·威尔斯（Herbert George Wells，1866–1946），英国著名的小说家、新闻记者、政治家、社会学家和历史学家，创作了很多科幻小说，对 20 世纪的科幻小说领域影响深远。

同年完成，其间一直在法国。不过，这本书的灵感大多来源于他海外旅行的经历。

这本书把汽车大王亨利·福特（Henry Ford）写成那个"世界国家"的某种神明，那里的人们挂在嘴边的不是"我们的神"，而是"我们的福特"。赫胥黎之所以把福特写进书里，应该可以追溯到他在菲律宾行船旅行的时候。那次旅行中，他偶遇了 1922 年出版的亨利·福特自传《我的生活和工作》(*My Life and Work*)。这本书肯定是让赫胥黎把福特写进书里的原因之一，不过如果认为这自传只对书中一个人物有影响，那就错了。事实上，福特这本自传很有可能影响了书中整个"世界国家"的性质。

《美丽新世界》中，还能清晰地看出很多来自作者其他经历的影响。参观英国一家化工厂时，赫胥黎看到"一个无计划无条理的广阔世界中，有一片纯粹逻辑所组成的不合理的绿洲"，表示万分惊讶。赫胥黎把这种"无条理"和他所观察到的美国青年文化的种种特点（特别是 20 世纪 20 年代去旧金山旅行时的观察所得）联系起来。这种文化中的滥交、自由思想和消费主义都令他如鲠在喉，难以平复，所以他在小说中建立了一个"世界国家"，就是想要根除这种文化的存在。

《猫的摇篮》

库尔特·冯内古特

1963

库尔特·冯内古特在通用电气（General Electric Company）做了很久的公关专家，就是为了寻找一个能抓住公众眼球的故事。冯内古特走访一个又一个的实验室，跟科学家们聊天，"问他们想干什么"，于是他遇到了欧文·朗缪尔，他是荣誉加身的科学家和诺贝尔奖得主，走在原子学说的最前沿。如果说冯内古特和通用电气诸位人士整体上的接触往来是《猫的摇篮》的灵感来源，那么费利克斯·霍尼克尔博士这个主角的灵感来源，就是朗缪尔了。接受《巴黎评论》（*The Paris Review*）采访时，冯内古特说："费利克斯·霍尼克尔博士，这个永远游离在人情之外的科学家，就是通用电气研究实验室明星朗缪尔博士的夸张版。我跟他还算熟悉。我哥哥跟他共过事，朗缪尔有种很美好的游离感。有一次，他还把心里想的说出来了，问我们，乌龟把头缩进壳里的时候，脊柱会不会随之扣紧或收缩。我把这件逸事写进了书里。还有一次，他在家，妻子端上早餐之后，他在盘子下面留了小费。这个我也写进书里了。不过，他最重要的贡献应该是一个想法，我称之为'九号冰'，一种在室温下也会保持稳定状态的冰冻状的水。这个想法不是他直接告诉我的，而是实验室流传的故事。据说 H. G. 威尔斯到斯克内克塔迪的时候……上面安

14

排朗缪尔接待（威尔斯）。朗缪尔觉得，给威尔斯提出个科幻小说题材应该不错，就幻想出了一种室温下保持稳定的冰。威尔斯不大感兴趣，至少从来没采纳过这个想法。然后，威尔斯去世了，而后朗缪尔也去世了。我心想，'见者有份，这个想法是我的了'。哦，顺便说一句，朗缪尔是私人产业领域第一个获得诺贝尔奖的科学家。"当然，"九号冰"就成了《猫的摇篮》中霍尼克尔博士发现的超级武器，它可以转换物质的属性。

《查理和巧克力工厂》

罗尔德·达尔

一

1964

罗尔德·达尔写《查理和巧克力工厂》，灵感是从哪里来的呢？答案就在书里找：

"听着，查理，不久以前呀，威利·旺卡先生的工厂里还有几千名员工呢。结果有一天，就是那么突然之间，旺卡先生就不得已让他们每个人都走了，回家去，再也别来上班了。"

"可是为什么呢？"查理问。

"因为有间谍。"

"间谍？"

"嗯。旺卡先生做的糖果那么好吃那么棒，很多做巧克力的人都越来越嫉妒他，就送间谍进去偷他的秘方。这些间谍先假装成普通工人的样子在旺卡工厂里找工作。进去工作以后，每个人都分别把某个特定的东西怎么做摸得一清二楚。"

达尔很喜欢那些五彩蜡纸包起来的甜蜜"小确幸"，所以有兴趣写这本书。但真正的灵感并不是来自小时候去参观什么巧克力工厂。促使他提笔的根本不能说是某个单独事件，而是 20 世纪头十年的早期到中期糖果制造产业的整体状况，尤其是在欧洲。

当时，糖果的配方一直很难申请专利，于是各个公司就全盘复制竞争对手的产品，改个名字就上市了。于是，糖果产业中，不仅那些规模较小的家庭经营小店举步维艰，大一点的公司之间也存在情报偷盗的现象。事实上，很多糖果制造商都会雇侦探来监视员工，尽量除掉竞争对手安插在自己这边的任何可能的内奸。糖果配方本身也是绝密。只有最忠心耿耿、最受信赖的高阶员工才有资格知道生产过程的详情。

达尔小时候就特别喜欢那些小巧温馨的糖果店，现在行业中这种毫无底线的状况让各家小店无法生存，对此他十分痛恨。十三岁的时候，还住在公立寄宿学校的达尔做了吉百利的试吃员。该公司出的糖果主要也是面向他这个年龄的青少年。

达尔在他的自传中写道："那些梦啊，做得真是美好。三十五年后，我正想着第二本给孩子的书要写些什么呢，毫无疑问，脑子里浮现的是那些小小的硬纸盒和里面装着的最新发明的巧克力。"

《华氏451》

雷·布拉德伯里

1953

20 世纪 50 年代弥漫着恐惧和悲观。美国的"红色恐怖"[1]达到了极度的狂热；苏联又在不断逮捕作家，很多书成为禁书，世界上的两个超级大国开始了令人不安的军备竞赛。这一切都离美国在日本投下两颗原子弹不远。"反乌托邦"的美国社会具有了真实的可能性，这种社会背景对当时很多文学作品产生了影响。不过，对于布拉德伯里来说，更具体的影响来自他和一个朋友在威尔希尔大道上与一位警官的巧遇。

在墨尔帕克学院演讲时，布拉德伯里回忆说："一辆警车停在我们身边，一位警官下了车，问道：'你们在干什么？''我们在两腿一前一后地移动。'我回答。'回答错误……'我心烦意乱，就从口袋里掏出一小袋苏打饼干，放进嘴里嚼碎了，喷了他一身饼干屑。那个警察把制服上的饼干屑拍干净，狠狠训斥了我一顿才算满意……回到家，我写了个短篇小说《行人》，把整件事情的背景放到了四十年后：上面突然宣布

> "我心烦意乱，就从口袋里掏出一小袋苏打饼干，放进嘴里嚼碎了，喷了他一身饼干屑。"

无论去哪里，走到哪里，在任何情况下，只要走路就是犯罪。我的灵感就是从这些地方来的，而且一定要趁热打铁，热情地把想法写出来！"最后，布拉德伯里把"禁止走路"换成了"禁止读书"，《行人》也变成了《华氏451》。

《艺伎回忆录》

阿瑟·高顿

—

1997

被问到为什么会对艺伎题材感兴趣时，阿瑟·高顿回答："我本科和研究生阶段都学习了日本的语言和文化，后来又去东京工作。在那里遇到一个年轻人，他父亲是个著名的商人，母亲是位艺伎——虽然这已经是个公开的秘密，他和我却从来没讨论过这个出身。不过我对此很着迷。回到美国之后，我就开始写一本小说，试着去想象这个年轻人的童年。我逐渐发现，比起儿子，他母亲的身世反而让我更感兴趣，于是就想好了要写一部关于艺伎的小说。"

接下来就诞生了一部八百页的草稿，详细讲述了一名京都艺伎"二战"后的生活。高顿根据这个题材做了广泛的研究，所以有了很多材料来充实书中内容。"我看了很多书，写了草稿，"有人问他第一次尝试写这部小说是个什么情况，高顿说，"我以为自己对艺伎的世界已经很了解了，所以就写了那部草稿。然后，我得到个机会，可以面见一名艺伎，我当然无法拒绝啦。她给了我很大帮助，让我意识到自己把一切都写错了，于是我把整个第一稿全给否定了，又从第一个字开始写起。"

高顿与这位名叫岩崎峰子的艺伎建立了短暂的友谊。他的新书稿大量从两人的往来中取材，特别是在创造书中主角"小百合"时。"在我的想象中，艺伎的谈话中应该时不时会出现高雅的艺术和诗歌，"高顿说，"可事实上呢，峰子有种自然而然的智慧，不用靠这么做作的东西来装点。比如，她和家人来波士顿看我们时，我带她去哈佛校园参观，碰巧学位典礼才结束一个小时左右。我们一起坐在长椅上，我向她解释学位袍的不同颜色代表了什么，黑色是学士，蓝色是硕士，红色是博士。正说着，一个年纪有点大的男人跟跟跄跄地走过去，明显有点醉醺醺的。峰子转身看着我说，'那个男人的鼻子刚刚拿了个博士学位'。这句话让我很震惊，也很能代表峰子的性格特点。她能成为如此杰出如此成功的一名艺伎，原因之一就是聪明，当然惊人的美貌也发挥了很大作用。小说里面描绘小百合的言行时，我也尽量去展现一些聪明的品质，这是必不可少的。大多数艺伎别无选择，只能在难以逃脱的泥潭中过悲苦的一生，而因为她的聪明，小百合才能从泥潭中挣扎出来。所以，从这个方面来说，我在创作小百合这个人物时，的确参考了一些对峰子的了解。然而，小百合一生的故事跟峰子毫无关系。"

一开始，高顿以第三人称来叙述小百合的故事，原因之一是必须要用旁白的方式去向美国读者解释一些日本的风俗。很多读者觉得，这样讲故事显得"干巴巴"的，于是高顿又把第二稿全部作废，开始写第三稿，这次用的是第一人称来叙述。当然，这样也造成他写作中的进退两难。这本来就是一个日本人物，怎么可能详细解释简单的日本风俗呢？她凭什么就该觉得故事的听众是美国人呢？这些问题让高顿想到，要往小说里加个假设的译者，他提到这个决定时说："然而，我心里也总是想着该如何用日语来表达这些东西，然后选择英语中我觉得能传达与日语感觉和语气一致的单词与短语。但译者前言的目的不太一样。我是从艺伎的角度来写这部小说，所以面临不少问题。首先，美国人怎么能理解她说的那些东西呢？如果读者不是日本人，那么穿和服的礼仪、化妆的方式这些最基本的日常，也都变成不熟悉的稀奇事。我用第三人称写这部小说时，叙述者尽可以在必要时自由地暂时脱离故事情节去做一些解释。但小百合是绝对不会去解释什么的，也就是说，只要她设想的听众是日本人，就不会想到去解释。译者前言就承担了这个任务，就是向大家介绍小百合来到纽约生活，向美国的听众讲述自己的故事。这也是小说结尾她必须来纽约的主要原因。"

《午夜之子》

萨尔曼·鲁西迪

—

1981

1993年，萨尔曼·鲁西迪的代表作获得了"特别布克奖"[1]的极高荣誉。他在写这部作品时，选择不去考虑读者的敏感和脆弱，他说自己不会做出这"糟糕而可怕的让步"。《午夜之子》着重描写的是他从个人经历中了解的印度。他觉得1981年以前的英语文学都没能充分展示自己心中的印度。"是的，我的确觉得，虽然当时英语文学世界佳作甚多，但并没有哪一部作品充分描写了我所成长所了解的那个世界，引起我的共鸣。"鲁西迪在接受哥伦比亚大学南亚研究所教授葛莉·薇思瓦纳珊采访时说："那些小说的语气都非常冷静、温和，富有古典主义的意味，在语言学上比较遵循正统。我心里就想，印度不是这个样子。印度那么混乱、喧闹、粗俗、拥挤，跟正统一点儿也不沾边。那里有花天酒地，有性骚扰，包罗万象。"

"1976年的某一天，日期我记不大清了，一个年轻又一无所成的作家正为一个还举棋不定的宏大故事而纠结，他决定从头开始，这次要用第一人称来叙事。那些写下的东西，成了《午夜之子》

---

[1] "特别布克奖"，即"Booker of the Bookers"，是当代英语小说界最高奖项布克奖为了纪念设立二十五周年而颁发的特别奖项。

开头的很大一部分内容。"这是鲁西迪 2008 年写给《卫报》(*The Guardian*)的一篇文章的开头，他在文章里介绍了自己笔下那位叙事者对刚刚赢得独立的印度进行的探索。

鲁西迪出生在孟买，对印度的描述有理有据。他有个最令人难忘的比喻，说印度是"一群人"。"你怎么去讲一群人的故事？怎么去讲众人的故事？核心的叙述必须推开人群，找到出路。"那么他是怎么做的呢？他创造了一个叙事者，撒利姆·撒奈伊，并写道："到现在我还能唤起那时候发自内心的愉悦，我刚刚发现了撒利姆·撒奈伊的声音，由此也发现了我自己的声音。我一直觉得，那天，那个时刻，我才真正成了一名作家，之前的十年都只能算错误的开始。"

撒利姆是鲁西迪的工具，后者用前者来为印度描绘了一幅不为外界熟悉的肖像。这肖像给人一种生机勃勃的感觉。尽管西方读者对这肖像完全陌生，却又有所共鸣。接受《巴黎评论》的采访时，他说："书中有个主题越来越鲜明，那就是任何一个地方的故事，也是其他所有地方的故事。从某种程度上来说，这个道理我早已明白，因为我出生和成长的印度，就是个东西方完全混杂的国度。我一生中的种种际遇，让我有能力写出把全世界不同地方汇聚在一起的故事，有时候这种汇聚非常和谐，有时候会产生矛盾冲突，有时候两者兼而有之，通常都是最后一种情况。"

《达洛维夫人》

弗吉尼亚·伍尔夫

–

1925

弗吉尼亚·伍尔夫的《达洛维夫人》写于 20 世纪 20 年代中期，而且充分利用了在詹姆斯·乔伊斯的《尤利西斯》之后出版这个事实。伍尔夫在日记中写道："我……从最开始的两三章一直读到墓地那一幕，都觉得好笑、有感觉、很吸引人、有意思。之后呢，只觉得困惑、无聊、恼怒而幻灭，仿佛看到一个令人恶心的大学本科生在挠自己的青春痘。汤姆（T. S. 艾略特），伟大的汤姆竟然觉得这书能和《战争与和平》相提并论。我只觉得这本书文化水平低下且没有教养。它只是一个自学成才的工人写的书。我们都知道这样的人是多么让人痛苦，多么自负，多么张扬，多么不成熟，多么让人瞠目结舌，多么极端地令人作呕。要是你能吃煮熟的肉，干吗要去吃生的呢？不过，我想，如果你和汤姆一样得了贫血，可能会觉得血是荣光万丈的吧。我自己是很正常的人，早已做好重读经典的准备。"然而，《达洛维夫人》能够成为传世之作，最重要的原因就是它脱离了伍尔夫所批评的这种形式。

看上去伍尔夫很明确地表示了自己并不喜欢《尤利西斯》，但她仍然在自己的小说中采用了一些和乔伊斯相同的概念。如：书中的语言在思想与时间之间的流动性，两本书的背景都是六月的一天，都有两条主要的叙事线索。这些都是《达洛维夫人》可能受到《尤利西斯》启发的地方。

克拉丽莎这个人物也受到很明显的外来影响：伍尔夫用她童年时的朋友凯蒂·马克西做了人物原型。她这位玩伴嫁给了一位成功人士，成为上流社会的阔太太。伍尔夫在写给姐姐的一封信中说，关于克拉丽莎的"每个字几乎都是完全按照凯蒂写出来的"。甚至她还想让这个人物死掉，因为凯蒂也从楼梯的栏杆跌下，香消玉殒。但她又否决了这个想法，为克拉丽莎创造了一个分身"赛普迪莫斯·史密斯"，他是参加过"一战"的老兵，最后自杀了。伍尔夫在史密斯身上逐渐灌注了自己一生中面对的很多悲哀与痛楚，甚至让他眼前出现幻觉，听见鸟儿在用希腊语歌唱——这就是她自己以前经历过的幻觉。

《别让我走》

石黑一雄

—

2005

"我一直想写本小说，就写我的学生们，但一直没实现。每次提笔，写出来的总是一部与设想大相径庭的小说。"对于石黑一雄来说，写《别让我走》就是重复无用的劳动。"过去十五年来，我一直在写英国乡村一群古怪'学生'的故事，"他说："我一直不太确定这些人到底是谁。我只知道他们住在破败的农舍里：虽然也做一些典型的学生会做的事情，比如进行关于书本的争论啦，偶尔写写文章啦，恋爱又分手啦，但目之所及，看不到任何大学校园或老师。"这部小说以其中反乌托邦的元素著名，而石黑在想出这些元素之前，就已经确定了小说的主题。

幸好，一次偶然的际遇让他找到了写这本小说需要的方向。他自己是这么解释的："大概四年前，我在广播上听到一个关于生物技术进展的讨论。一般出现这些科学讨论的时候，我都是充耳不闻的。但那次我却认真听了，围绕那些学生需要建立的框架终于尘埃落定。我终于能设想出一个故事，很简单，但又从根本上反映了人生在世的忧伤。"

那么小说背景呢？"我一直都认为这本小说的背景应该是20世纪七八十年代的英国，是我年轻时代的英国，"石黑说："那个英国，和一些小说（比如《长日将尽》）中那个有管家、有劳斯莱斯的上流英国相去甚远。我描绘的是阴天的英国，平坦而光秃的田野，微弱的阳光，毫无生气的街巷，废弃的农场，空荡荡的道路。除了凯西的童年可能有一点点阳光和生气之外，应该有种荒凉寒冷的美，这是我对一些偏远郊区和几乎被世界遗忘的海边小镇的感觉。"

《你要去往多少美妙的地方！》

苏斯博士

—

1990

西奥多·盖泽尔有个更响亮的名字"苏斯博士"。《你要去往多少美妙的地方！》大概是他最引起读者共鸣的作品了。这本书是他在生命最后时光与癌症病魔搏斗时创作出来的，也是"苏斯博士"系列中最后一本有他参与撰写的。书的主题可以这样概括：每个人在岁月流逝、年岁渐长的过程中都会遭遇黑暗与孤独的时光，但身在其中还是要充满乐观的心情、坚定的信念。

盖泽尔本人也遭遇了很多艰难时光：他经历过美国的经济大萧条。第一份书稿名为《桑树街漫游记》(*And to Think That I Saw It on Mulberry Street*)，遭到了 20 家到 43 家出版社的退稿（不同资料来源的数字不一），

> "你都能感觉到他好像在说，'等等，我还有一件事要说。好好听我说；这很重要。'"

第一任妻子自杀身亡，他自己也罹患口腔癌，最终在 1991 年因此去世。尽管有这些坎坷的经历，他仍然能过幸福而成功的一生，这就是他写《你要去往多少美妙的地方！》的灵感。他在书里告诉孩子们，一切都有"$98\frac{3}{4}$ 的可能"会成功。苏斯博士公司负责申请许可和市场营销的总裁苏珊·布兰德特说："你都能感觉到他好像在说，'等等，我还有一件事要说。好好听我说，这很重要'。"

《拉格泰姆时代》

E.L. 多克特罗

—

1975

"最先出现的是什么？是某个人物吗？你说是一个前提，这是什么意思呢？是一个主题吗？" 1986 年接受《巴黎评论》采访时，对方甩给 E. L. 多克特罗这么一串问题。他的回答是："嗯，什么都可以。可以是一个声音、一个意象，可以是个人内心深处产生强烈紧迫感的时刻。比如，《拉格泰姆时代》的诞生，就是由于我很急切地想写点东西。当时我在新罗谢尔的房子里，面对着书房的墙，所以就开始写这堵墙了。我们这些当作家的，有时候就经历这样的日子。然后我又写了和这堵墙连在一起的房子，是 1906 年建成的。于是我就开始想象那个时代和当时布罗德维尤大街的样子：山脚下的大街上，有轨电车川流不息；夏天，人们要穿白衣服来保持凉爽；那时的总统是西奥多·罗斯福。就这么想来想去的，这本书就这么开始了。就是因为急切地想描绘几个意象。"

接下来写出的这个故事，虽然概念源自于现实，却也不乏虚构的元素。其实，多克特罗在《拉格泰姆时代》采用了虚构现实主义的写法，是想要报复几种人，他觉得这几种人强行"劫持"了讲故事的艺术。这是他在 1975 年接受采访时告诉《纽约时报》的。

"社会学家和心理学家占据了讲故事的高地。写健身和节食的书会讲故事，里面还有反派。肚子上的赘肉是反派。有矛盾冲突，还有解决办法。就连他们在电视上做天气预报，也要搞得很戏剧化：'马上我们就进入讲故事时间。'（小说家）就被迫进入个人经历的国度，被迫只能在这么小的一块地方逡巡。《拉格泰姆时代》就是小说家的复仇。这本书藐视和反抗事实，给出了各种各样的'事实'：编造的事实，扭曲的事实。我开始把《拉格泰姆时代》看作一部'虚构的非虚构作品'，和杜鲁门·卡波特（Truman Capote）[1]恰恰相反。我把那些记者新秀都看作对立阵营的人……从一开始，小说家们就采取了一些战略战术，来混淆事实和虚构。《拉格泰姆时代》的立场就是这样，位于虚构与历史之间。"

《异乡异客》

罗伯特·海因莱因

—

1961

最先提出《异乡异客》构想的，是罗伯特·海因莱因的妻子弗吉尼亚。作为一名出色的生物化学家和工程师，她建议往鲁德亚德·吉卜林（Rudyard Kipling）的《丛林之书》（*The Jungle Book*）当中加入一点太空的元素。整体概念维持不变，都是男孩在陌生的环境下

---

[1] 杜鲁门·卡波特（Truman Capote），美国作家，喜欢以小说的虚构手法来讲述真实的故事，他最受欢迎和赞誉的作品是《冷血》。

长大。不过这个"再造物"中，狼群被火星人代替。接下来的十三年，海因莱因慢慢地为这本小说累积各种想法和概念，他写道："我并不着急想写完这本书，因为如果公众观念不变的话，这部小说就不可能以商业目的出版。我看得出来，公众的观念在不断变化，后来的情况也证明了，我的时机把握得很好。"

事实上，海因莱因决定写这本书的主要原因之一，就是想检验一下社会思潮。他的主人公迈克尔·史密斯二十岁时才首次来到地球。海因莱因充分利用了这一人物，激起读者对这个社会最古老的那些体制的批判性思考，比如婚姻、金钱、恐惧和宗教。海因莱因和一位书迷聊天时如是说："我不是在给出答案，而是想松动读者们一些先入为主的偏见，引导他们从全新的角度去思考。这样，每个读者都能从中有所收获，因为答案都是他们自己给的……我是在邀请大家思考，而不是盲从。"

《了不起的盖茨比》

F. 斯科特·菲茨杰拉德

—

1922

"我充满希望，也做好了规划，要在六月写完这本小说。但你也知道这样的事情通常会怎么收场。就算我要花原计划十倍的时间去完成，也不能在没有达到能力范围内最好的情况下把它写出来。

有时候我甚至觉得，还应该超越自身的能力，变得更好。"1924年，菲茨杰拉德在给编辑麦克斯·柏金斯的信中如是说。菲茨杰拉德最出色的作品在商业上却遭遇了彻头彻尾的"滑铁卢"，至少从短期销量来看是很失败的。不过读者很快发现了这本小说的杰出和伟大。

菲茨杰拉德的《人间天堂》（*This Side of Paradise*）让他名利双收，至少能和"喧嚣二十年代"的富人阶级来往，他们那些派对，正是书中盖茨比在西部豪宅中举行的派对的灵感来源。那栋豪宅的灵感究竟从何而来，答案比较模糊，不过《洛杉矶时报》（*Los Angeles Times*）2011年刊登的一篇文章中说，该豪宅的原型是黄金海岸的一栋宅子，名为"地之角"，菲茨杰拉德曾去那里参加过一次派对。至于尼克·卡罗威和杰伊·盖茨比的原型，那就要清楚得多了，因为菲茨杰拉德在两个人物身上都融入了自己的一部分特点。尼克出身很好，在常青藤盟校受过高等教育；而盖茨比则在远离家乡驻军时遇见了自己的一生挚爱。这都是菲茨杰拉德一生重要的经历。他自己也曾写过自己在常青藤盟校受的教育："我的新小说于三月末问世，书名是《了不起的盖茨比》。我大概写了一年，比起之前我的所有作品，这本书的水平要高上十年。整本书无情地屏蔽了我所有刻薄严厉的机灵。这本来是我作品中最大的弱点，就算能引发读者的冷笑，那也是孤立于内容之外的，偏离了本身的主题，让整本书大为失色。"菲茨杰拉德在亚拉巴马州蒙哥马利边的谢里丹营驻军时，遇到了后来的妻子泽尔达。彼时泽尔达是刚入社交圈的名媛，生在富贵之家。菲茨杰拉德十分崇羡她的生活方式。和盖茨比一样，他千辛万苦地努力，就为了证明自己配得上她。

萨拉·丘奇威尔（Sarah Churchwell）[1] 在其著作《无情之人：〈了不起的盖茨比〉中的谋杀、暴行与虚构》（*Careless People: Murder, Mayhem and the Invention of 'The Great Gatsby'*）中称，书中两个被谋杀的受害者，灵感来源于 20 世纪 20 年代早期的"霍尔斯－米尔斯案"，该案中，一名牧师及其情妇被杀，引起全美上下的广泛关注。丘奇威尔告诉《信号》（*Signature*）杂志她是怎么把两者联系起来的："有些人觉得'霍尔斯－米尔斯案'和《了不起的盖茨比》里面的案子并无关联，因为细节根本就不一样，他们的看法很有意思。但我觉得……潜在的根本主题是一致的。所以我想说的重点之一是，菲茨杰拉德在写《了不起的盖茨比》的时候，所有的主题都是悬而未决的。其中写的谋杀并不一定就完全是按照'霍尔斯－米尔斯案'来写的，但这个案子代表了他所参考的那种故事。我并不是说菲茨杰拉德把这个案子照搬到了他的小说中，真要这样的话也太傻了；而是说这个案子恰巧能与《了不起的盖茨比》的深层主题产生共鸣。比如，里面有阶级仇恨和结交权贵向上爬的情节……两个故事中都有一个人物，编造了浪漫和更高贵的过去。这个关于通过结交权贵向上爬和阶级仇恨的故事，明确描写了一个在别人眼里利用私情来提高自己生活质量的女人。"

> 菲茨杰拉德十分崇羡她的生活方式，和盖茨比一样，他千辛万苦地努力，就为了证明自己配得上她。

---

[1] 萨拉·丘奇威尔（Sarah Churchwell），学者，英国伦敦大学美国文学和人文科学公共理解教授，专业研究方向是 20 世纪和 21 世纪的小说。

《萨勒姆的女巫》

阿瑟·米勒

—

1953

20 世纪 50 年代的美国是个很可怕的地方。法定诉讼程序被非正式地终止，这是人尽皆知的事实。约瑟夫·麦卡锡议员一手包揽了法官、陪审团和行刑人的所有权力，肆无忌惮地指责思想上不受控制的自由派，随心所欲地囚禁他们，说他们同情共产主义者。阿瑟·米勒恰恰就在深入研究这种社会状况的本质，但又怕自身受害，所以努力在揭露"红色恐怖"暴行的同时，又不让自己贴上共产主义者的标签。他到底是怎么办的呢？他写了萨勒姆这个地方所谓的"女巫搜捕"[1]，在那里，捕风捉影的证据就足以进行定罪和执行死刑了。这个故事的内涵意义恰恰抓住了时代的基调，是非常恰当的类比，因为萨勒姆对女巫的审判和"红色恐怖"有着诡异的相似：都与毫无根据却传播广泛的恐惧有关，都是因为人们的癔症而采取的行动，都是只有空口无凭的指控便可以定罪。简而言之，两种情况都是美利坚历史上不光彩的一页。

---

[1] 英语里的"女巫搜捕"称为 witch hunt，也有"政治迫害"的意思。但《萨勒姆的女巫》写的的确是搜捕女巫。

《驱魔人》

威廉·皮特·布拉蒂

一

1971

"衣架上的一件大衣似乎从衣橱里飞出来了……一本《圣经》似乎从书柜上升起来了……有一次，餐桌整个翻倒了过来。"这是托马斯·艾伦（Thomas Allen）著作《中邪：关于驱魔的真实故事》（*Possessed: The True Story of an Exorcism*）中的段落。据说书中所描写的一系列事件都是真实事件，一个十四岁的男孩中了邪。皮特·布拉蒂的《驱魔人》就是据此写成的。中邪孩子的家人先在乔治敦大学附属医院进行了一场驱魔，结果没有成功，还导致一位牧师手臂上被缝了一百针。他们又辗转去了圣路易斯寻求解决办法，一是因为他们和这个城市有很深的感情，二是因为他们发现孩子胸口有一道道抓出的血痕，正好形成"路易斯"这个词。

之后的两个月，耶稣会的牧师就和（据说）让孩子中邪的魔鬼展开"拉锯战"，先从私人住家开始，最后进了亚历克修斯兄弟医院。参加圣路易斯大学的一次活动时，艾伦说："我感觉他中的邪是在他自己身体内部。我没把握说就是魔鬼、恶魔之类的。但你可以看看鲍登神父，他一连好几个星期，每天都在朝着孩子念驱魔祷文。布拉蒂给他写信，请他讲讲……鲍登神父回信说，我一个字都不能透露给你。我承诺过要保密的。但我可以告诉你一点，这是真的。"

布拉蒂还在英国考古学家杰拉德·兰克斯特·哈丁身上寻找到灵感。他说，哈丁"是我创造（默林神父）这个人物的外形身材时想到的原型。大家注意，默林是姓，他的名字就叫兰克斯特"。

《火星救援》

安迪·威尔

—

2011

安迪·威尔写《火星救援》的灵感积累了很多年。作为电子工程师和粒子物理学家的儿子，他人生的关键成长期就沉浸在一切与科技和科幻有关的事物当中。二十岁到三十岁那十年，他的大部分时间都在"美国在线"（*American On Line*）做程序员。1999年，这家科技巨头和网景通信公司合并，威尔失业了。他没有另寻他处继续发挥自己在电子科技方面的才华，而是决定将其搁置起来，去追求人生的另一个梦想：写小说。

全职写作的生活没有持续很久。2002年，威尔重回软件产业，这之前他写了两本小说，在重头书评人中反响平平。一直到2009年，他才决定从自己的科技背景和对宇宙的热爱中汲取灵感，设想把人类派往火星执行任务。他开始一小段一小段地写，登载在自己的网站上。等到科学发烧友群体开始追连载之后，威尔就把这些段落整理集结成一部小说，在亚马逊上当电子书卖，价格只有九十九美分。嗯，接下来的事情嘛，大家都知道啦。

《道林·格雷的画像》

奥斯卡·王尔德

一

1890

奥斯卡·王尔德想找创作灵感，只需要看看自己的社交圈子就够了。他的第一本也是唯一一本小说，主人公原型就是一个名叫约翰·格雷的作家。这位作家美貌惊人，用王尔德描写道林的话来说，看上去就像用"象牙和玫瑰叶"做成的。再看看这个人物的名字，也可以进一步证明其灵感来自约翰·格雷。"道林"（Dorian）这个名字来源于古希腊的一个部落人种"多利安人"（Dorians）。这个部落鼓励同性恋。王尔德和格雷都是热爱文艺的同性恋者，所以两人经常发现彼此有交集。王尔德也逐渐对这位年轻诗人颇为欣赏。虽然大家普遍认为是这个格雷催生了书中的格雷，王尔德的解释却不一样，他说："我觉得自己是巴兹尔·霍尔沃德，别人以为我是亨利勋爵，但我想做的是道林，也许要换个

"我觉得自己是巴兹尔·霍尔沃德，别人以为我是亨利勋爵，但我想做的是道林，也许要换个时代才能如愿。"

时代才能如愿。"[1]当然，两种想法并不互相排斥。

《秘密花园》

弗朗西斯·霍奇森·伯内特

1911

"（那是）一个令人陶醉的地方，有个已经建成的非常可爱的小公园，还有个漂亮的老菜园，有围墙。"弗朗西斯·霍奇森·伯内特给儿子维维安写信，描述了肯特郡的"大梅森厅"（Great Maytham Hall）。那时的她已经是个非常成功的小说家和剧作家了。离婚后，大西洋两岸的主流新闻刊物对她口诛笔伐。于是她租下了这个令人陶醉的地方，希望能享受安静的乡村田园生活。这里很快变成了她温暖的家。她在这里举行了很多聚会，逐渐有了很多衣服首饰，成为传奇，还在露台上完成了《关于德威洛比》（*In Connection with the DeWilloughby Claim*）的写作。

此处为家大概十年之后，伯内特不得不接受令人悲伤的现实：她永远也凑不够买下这里的钱。她写信给姐姐："从某种程度上来说，住在梅森，我才有住在英格兰的感觉……这个地方是属于我的……只有这里才让我有家的感觉……不让我住在这里可真是太残忍了。我真是太需要太需要这里给予我的感觉了，能够从一个大房间出来，

---

1 这句话中的人物是《道林·格雷的画像》中的三位主要人物。

进入另一个大房间；能够顺着走廊，一间房一间房地进进出出；能够到楼上去转悠转悠。"

虽然买不起，伯内特对这个庄园的爱却从未退却过。她带着这种爱来到长岛，在那里建立了一个家，并开始写作《秘密花园》，灵感正是来自那座花园和庄园里有围墙的老菜园。书中人物的性格发展，最初恰恰是受到花园的影响。花园就像一剂治愈良方，既发挥了实际作用，也有象征性的作用。主人公玛丽在花园中逐渐改掉了乖张可怕的行为举止，变成一个可爱的女孩。故事进展到后来，男孩科林也在花园里重新站起来走路。

科林这个人物的变化也显露出伯内特的另一个灵感来源：她坚定地相信疾病可以用玛丽·贝克尔·艾迪的基督教科学派方法来处理，而不是塞拉斯·维尔·米切尔的休养疗法。后者倡导的是：遇到健康问题时，病人要与人群隔离，远离社交，强行进食，卧床休息；而前者则宣扬乐观的想法、祈祷和社交互动。《秘密花园》里有一段话如是说："美丽的新想法开始把可怕的旧想法赶出去，他也重新开始寻回生命的活力。他的血液在血管里健康地流淌，力量像洪水一样涌入他的身体。"科林的病明显更多的是心理问题，也表现了静养休息弊大于利，而乐观的想法和社交互动则是疗效超群的良药。

《荒原狼》

赫尔曼·黑塞

—

1927

　　说来令人唏嘘，《荒原狼》中很多大主题都带有自传性质，因为赫尔曼·黑塞本人就有严重抑郁的症状。他的第一任妻子玛丽·伯努利也饱受精神疾病困扰。1919 年，妻子的精神分裂症爆发，差点酿成大祸。黑塞说，两人已经太疏远了，于是他从这段婚姻中脱身，从伯尔尼搬家到提契诺，又去了蒙塔诺拉 [1]，在那里研习艺术，继续写作。后来他说，那是自己一生中最快乐的时光，他精神稳定下来，又有了希望和盼头。1924 年，黑塞和露丝·文格尔结婚，但夫妻关系很快恶化。因此他又孑然一身，感到无比孤独，产生了自杀的想法。这些全是《荒原狼》中着重探讨的主题。

---

[1] 这三个地方都在瑞士。

《恶棍来访》

詹妮弗·伊根

—

2010

"我的切入点基本和读者的起点一致，"被问起小说《恶棍来访》的由来时，作者詹妮弗·伊根如是说，"我当时在酒店的卫生间里，低头看见有个女士包里露出一个钱包。我经历过很多次钱包被偷的状况，原因不尽相同，有时候因为我不小心，有时候是忘了，有时候根本就是人傻被人骗了。我看到那个钱包，心里就想，'哎呀，不要啊！这样会被人偷走的！'当时只有我才有条件拿走那个钱包，我就开始犯职业病，虚构起故事来：会有人拿走这个钱包。是谁呢？为什么呢？我从那一刻就开始写作了，剩下的内容几乎都是下意识地从直觉里流淌出来。有时候我会注意到某一章的次要人物，心想，'这人是谁？他／她的内心世界是什么样子？'"

伊根自然的创作过程搭建了《恶棍来访》的结构，她利用自己无边无际的想象力，从很多不同的角度去看待这个世界。她通过各种各样的次要人物，给每一章赋予了不同的讲述者，每个讲述者都在之前那一章出现过，但只是和故事主线有松散的联系。

伊根在纽约的生活更加强了她想象陌生人生活的能力。她说："对我来说，虚构小说就是我能做的梦，是离我很远的那些感觉。似乎为我提供了一条路，能飘离自己的生活。所以，对我来说，出去走走，看看各种各样的人，也就是我经常做的一种思维锻炼而已，我的思绪飘得很远，帮他们想象一种生活，超越了我现在看到的这一刻，超越了我所见证的这一刻。我爱纽约，就因为它能提供这种多样性。就算你只是在街上随便走走或去坐地铁，短短一天时间也能发生好多不一样的偶遇。从某种程度上来说，开始写《恶棍来访》时，我甚至都没意识到自己在写一本书，只想着写几个小故事来过渡一下，之后好开始我想写的另一本书（可能是我以为自己想写），

> "对我来说，虚构小说就是我能做的梦，是离我很远的那些感觉。似乎为我提供了一条路，能飘离自己的生活。"

但我到现在还没写。不过，在我眼里，能够被别人吸引，跟着他们进入他们的生活，实在是满足了我最痴迷的幻想，而这本书基本上就以这个幻想为中心搭建起来。在我住过的所有地方中，纽约应该是最能为这种痴迷与幻想提供养料的城市，这本书与纽约的联系就在于此。"

《恶棍来访》给出的角度，应该是大多数人在最具有同理心的时刻才会经历的：能够从别人的角度去感同身受地看问题。伊根为所有的人物都赋予了丰富的人性，这种讲故事的手法是她在看电视剧《黑道家族》（*The Sopranos*）时学到的。"我喜欢这个剧丰富的韵律，"伊根说，"多条叙事线同时发生。我喜欢剧中表现季节的走向，用一个季节来讲一个基础的故事，通常要到最后才完全弄明白。但这个故事讲得如此强势，我们就不由自主地跟着走，甚至不知道到底真正讲的是什么，就是这样。我喜欢他们把次要的人物突然变成中心人物，并且去打开他们深藏于内心的生活；我

喜欢他们选取一些人们成见中的人物，去进行深挖，把真正的细枝末节表现出来。所以这些人身上既有人们的刻板印象，又细微生动。"

《爱丽丝漫游仙境》

刘易斯·卡罗尔

—

1865

从牛津划船去戈斯托的路上，这位原名查尔斯·道奇森的数学家想取悦朋友哈里·林德尔的妹妹们，便编出了这样一个故事，里面有个异想天开的世界和叫作"爱丽丝"的主人公。毫无疑问，卡罗尔是因为迷恋游船上只有十岁的小爱丽丝·林德尔，才给主角取了这个名字。历史学家马丁·加德纳（Martin Gardner）在《注解版爱丽丝》（*The Annotated Alice*）中写道："无数迷人的小女孩（今天的我们只需要看看老照片，就知道她们很迷人）从卡罗尔的生命中匆匆掠过，但没有一个能取代他的初恋，爱丽丝·林德尔。""在认识你之后，我交过很多小朋友，"爱丽丝结婚以后，卡罗尔给她写信，"但跟你比起来完全不是一回事。"

爱丽丝不仅成为这个故事雏形的灵感，还让卡罗尔将其改进发展，没有停留在一次性的游戏之作上。她和姐妹们不屈不挠地缠着卡罗尔，让他多讲一些爱丽丝的故事，最后，爱丽丝还要求卡罗尔把那些故事都写下来。卡罗尔乖乖听话，对故事加以补充改写，成为一份手稿，并在 1864 年的圣诞节将手稿呈送给爱丽丝。当时的书名叫《爱丽丝地下历险记》（*Alice's Adventures Under Ground*）。把书稿拿去出版之前，卡罗尔定下了《爱丽丝漫游仙境》（*Alice's Adventures in Wonderland*）这个最终的书名，又增加了疯帽子下午茶的场景，还新创造了柴郡猫这个角色。

柴郡猫的来历也能追溯到林德尔一家身上。它住的那棵大树据说就在牛津郡基督教会学院林德尔家的后面。林德尔还有进一步的影响：睡鼠故事里的三姐妹，巧妙地化用了林德尔三姐妹的名字。

当然，卡罗尔也在故事中加入了自己的一些经历。他是个很保守的数学家，拒绝接受这个领域的新思想和新进展，有些人认为，他对非传统主义者的厌恶也影响了他的写作。"当时数学界最大的进展之一……是由爱尔兰数学家威廉·汉密尔顿引领的。"2010 年，《数学人·周末版》（*Weekend Edition Math Guy*）的撰稿人基斯·德福林（Keith Devlin）在接受美国国家公共电台（NPR）的采访时说。"卡罗尔不待见汉密尔顿做的事情，后者在研究一种新算法——四元数法。四元数法重视的是数字，但不解决数数的问题，而是要帮助人们理解数字的循环。在维多利亚时代，汉密尔顿自己在做这个研究的时候，试着通过物理原理去理解自己的新算法。他说，这些数字中包含的四元，其中一元必须是时间。因此，时间以一种无法说清但无可避免的形式，和这些新的数字绑在了一起。汉密尔顿的意思是，如果你把时间这个参数排除在这些新数字之外，那么这些数字就会一直在周围循环，哪儿也去不了。就像疯狂茶会上那些角色，一直转啊转，绕着桌子转啊转。"如果这样来解读书中的疯狂茶会，很容易就能看出是时间（这个角色）的缺席，导致了这种持续的旋转。德福林继续道："其实，疯帽子和三月兔想把睡鼠塞进茶壶的时候，就是想以某种方式逃离这种复杂状况，也就是说再甩掉一个参数，这样生活又能回归正常。"故事强调身量大小上的不同，这也来源于卡罗尔的个人生活经历：他患有一种神经障碍症，现在被称为"爱丽丝漫游仙境综合征"。症状是发病者眼睛看到的事物大小会发生扭曲，比实际的尺寸要么更大，要么更小。

> "我已经厌倦了做漫游仙境的爱丽丝。听起来是不是有点不知好歹？是的。但我真的厌倦了。"

　　不过，这一切如果没有爱丽丝的积极推进，都不可能成为现实。1932年，哥伦比亚大学邀请爱丽丝·林德尔到纽约参加纪念刘易斯·卡罗尔诞辰一百周年的茶话会（卡罗尔已经去世多年）。林德尔的儿子恳求八十岁的母亲去参加，结果母亲给出了那句著名的回复："但是，亲爱的，我已经厌倦了做漫游仙境的爱丽丝。听起来是不是有点不知好歹？是的。但我真的厌倦了。"

《卡尔文与霍布斯虎》

比尔·沃特森

—

1985

"那么，现实世界是什么样子？嗯，东西更好吃，但除此之外，我就不觉得有什么好了。"

1990年，比尔·沃特森在一个毕业典礼上发表演讲，题目是"一个窥探过现实世界并逃走的人对其的一些想法"。他在演讲中回忆了《卡尔文与霍布斯虎》大受欢迎之前的日子。大学毕业后几个月，本是《辛辛那提邮报》（*Cincinnati Post*）漫画编辑的他被辞退，过了不久他又找了份做广告的工作，结果导致"精神世界贫乏"。那份工作只是谋生手段，是一次丢掉灵魂的投机，对自我个性起不了任何刺激作用。最为严重的是，沃特森不是为了自己做这份工作，而是迫不得已去做的，这个坎儿他心理上过不去。

于是他决定业余时间画点漫画。沃特森说："当我们只是为自己工作的时候，那种勤奋程度真是令人吃惊。而且，出于对约翰·斯图尔特·密尔[1]的尊重，恕我直言，功利主义可能被高估了。画漫画教会我最重要的道理，就是想要获得创造力和幸福的话，玩耍是多么关键的因素。我的工作说到底就是一年搞出三百六十个想法。如

---

[1] 即 John Stuart Mill，19世纪英国著名哲学家，他支持哲学家边沁的功利主义，也称实用主义。

果你想看看自己到底有多么无趣，就找一份以思考的质量和频率来决定生计的工作好了。我发现，能让我日复一日年复一年坚持写写写的办法，就是让思想漫游到新的领地。为了做到这一点，我必须培养一种让思维玩乐嬉闹的方法。"

这种培养从连载四格漫画《小怪物》（Critters）开始，里面偶尔会出现个小配角和他的毛绒老虎玩具。这个小配角叫马尔文，毛绒老虎叫霍布斯。四格漫画统稿发行机构"联合特稿通讯"（United Feature Syndicate）认为，这个四格漫画系列中，马尔文和霍布斯是最鲜明的两个角色。于是沃特森就放弃了其他角色，给马尔文改名卡尔文，以他和霍布斯为主要人物画了一系列的四格漫画。1985年，该漫画开始连载，一直连载了十年，直到他认为自己"已经在每日截稿时间和小小画框的限制下竭尽所能"。

"霍布斯身上有我全部的好品质（还有我们家猫的一些怪癖），"沃特森写道，"而卡尔文就代表了我比较激动、比较逃避现实的那一面。他们两个的故事基本上算我的精神日记了……重看这些四格漫画，发现我的性格如此坦率地暴露在纸上，真是挺让人瞠目结舌的。我本来是想藏得深一些的。"

《乔凡尼的房间》

詹姆斯·鲍德温

—

1956

1956年，一直偏好写黑人角色的非裔美国作家詹姆斯·鲍德温，写下了一本关于法国巴黎白人男同性恋者的小说。"至少在当时，我肯定是不可能再去承担另一个沉重负担的。"1984年接受《巴黎评论》采访时，他如是说："（另一个沉重负担就是）黑人问题。性道德上的问题已经是很难处理的了。我不可能在一本书里同时来探讨两个命题。没有足够的空间。如果今天来写，我可能会换种写法。但在当时的条件下，在一本书里出现黑人，而且还在巴黎，我肯定是做不到的。"

鲍德温说，十四岁到十七岁的传道经历是他进入写作这一行的主要原因。他的一生命途多舛，令人悲叹。他年少丧父，最好的朋友也跳下乔治·华盛顿大桥，自杀身亡。在纽约经历了各种折磨之后的鲍德温身心俱疲，搬到巴黎，却在那里罹患重病，险些不治。幸运的是，他在这个很少给予黑人关爱和热情的地方找到了关爱和热情，也由此得到机会，听说了吕西安·卡尔的事。"我最先想到的人物就是大卫，但这也是因为一个特殊的案例，牵扯到一个名叫吕西安·卡尔的男孩，这孩子杀了人。我认识的一些人认识他，我本人跟他没有交情。但这个案子让我很着迷，另外还牵扯了个上流社会有钱的花花公子和他老婆。"

吕西安·卡尔就是乔凡尼这个人物的灵感来源。乔凡尼即将被执行死刑的前一晚，他的形象在大卫脑海中盘旋。而大卫的原型，极有可能是鲍德温自己。他刚搬去巴黎的时候，就爱上了一个名叫吕西安·哈珀斯博格的瑞士男人，两人有过短暂的同居生活。他无法写黑人同性恋的这种无力感，也许能反映他现实生活中因为这种双重特殊身份而遇到的烦恼，这让他在美国社会显得非常边缘。不管怎么说，鲍德温已经远远超越了他的时代：早在同性恋解放运动之前，他小说的主角就是同性恋了。

《飘》

玛格丽特·米切尔

—

1936

"老天爷啊，佩吉，你读了几千几万本书，就不能写一本吗？"是的，一个丈夫的苦口婆心催生了现代文学史上最著名的文学巨著之一。丈夫这个强烈建议的由来，是他正从亚特兰大的卡耐基图书馆辛辛苦苦搬书回家，发现妻子脚踝受伤正在休养，他想让她有点事做。丈夫还给米切尔买了一台便携打字机，鼓励她写作。长期行动不便，米切尔很无聊，感觉快要发疯了，就开始用打字机写稿，后来荣获普利策奖。

米切尔看了很多关于内战时期南部和亚特兰大的故事，从中汲取了灵感，写的书也是关于战争给身在其中的佐治亚人带来的影响。"书名就是这个意思，"1936 年接受电台采访时，米切尔说："如果人们觉得这本书讲了整个南方的故事，我当然会很高兴啦。但我想写的不是这样的书。这本书写的是佐治亚州和佐治亚的人，特别是佐治亚北部的人们……她（主人公斯嘉丽·奥哈拉）经历了战后重建的艰难时期。随着故事的发展，她和亚特兰大都进入了新时代，投机倒把的不法之徒从佐治亚离开了，人们又可以继续过正常生活了。"

《中性》

杰弗里·尤金尼德斯

—

2002

谈到关于《中性》最初的想法，杰弗里·尤金尼德斯说："很难说清究竟是哪个时刻《中性》在我的想象中扎了根。一直回溯到 1976 年，在高中的拉丁文课上，我认识了提瑞西阿斯这个雌雄同体的人物。我们在读奥维德的《变形记》，读到宙斯和妻子赫拉争论，在床笫之欢这个问题上，到底男人比较享受还是女人比较享受。宙斯的回答有点令人惊讶，他说女人更享受。赫拉觉得男人比较享受。为了有个定论，他们问了提瑞西阿斯，对方的回答是，'如果爱的愉悦是十，那么三乘三属于女人，剩下的属于男人。'"

尤金尼德斯开始动笔写《中性》，前后花了九年时间，因为他不太熟悉这个话题，总是出现长时间的文思不畅。他读理查德·麦克杜格尔翻译的《埃居利娜·巴班：近期发现的一位 19 世纪法国双性人的回忆录》（*Herculine Barbin: Being the Recently Discovered Memoirs of a Nineteenth Century French Hermaphrodite*）[1]，得到了一点灵感（但从那时起尤金尼德斯仍然等了十年才开始动笔）。尤金尼德斯说："乍看上去，埃居利娜的生平实在太惊人太棒了。十几岁的她在法国女修道院学校读书，爱上了最好的朋友。两人开始谈恋爱，最终被学校领导发现了。医生给埃居利娜做了检查，宣称她是个男人。这部回忆录的中心是爱情故事，两个女孩的爱情故事，而其中一个女孩不完全是个女孩。我所着迷和好奇的就是这个爱情故事。我以为这部回忆录会很特别吸引人，有着狂野的戏剧张力，并且透露一些我一无所知的人生经历。很遗憾，埃居利娜·巴班的写作，也就是一个女修道院学校女生的水平。文笔夸张，感情泛滥。她对自己身体上的细节闪烁其词，一提到自己的情绪状态，就不得不（或者有意地）讲些陈词滥调，装腔作势。就我对可读性的期待来说，这部回忆录实在让我大失所望。我有些自大地想，我还是自己写这个故事吧。"

尤金尼德斯最终真的这么做了。一开始他只想写个短篇小说，以双性人自传的形式来写。尤金尼德斯不想因为有了传统神话中的传说，就让主人公少了人性，这正是他最想要避免的。所以他非常

---

[1] 20 世纪影响巨大的法国哲学家、社会思想家米歇尔·福柯曾为这本书写过引言。

认真地研究了生理上的真实情况。"最初的几个月，我花了很多时间泡在哥伦比亚大学的医学图书馆里，"他说，"我就是在那里翻到了《中性》主人公的那种病，'5-α-还原酶缺乏综合征'。这种综合征背后有个很显著的事实，就是发病原因是隐性基因突变。发生这种基因突变的人群总是比较孤僻，而且经常是近亲繁殖的产物。了解到这些知识后，我开始从不同的角度去思考这本书。我不再想仅仅写一本虚构的双性恋自传了，我想写长一点，写成一部喜剧史诗，顺着一个家庭的血脉传承去追溯基因突变的轮回。故事的讲述者是这基因最后的继承者，但除了这种性变态之外，其中还会包含很多旁的东西，会涉及各种各样的转换，国家、种族、情绪、知识分子……包罗万象。"

"这部回忆录的中心是爱情故事，两个女孩的爱情故事，而其中一个女孩不完全是个女孩。我所着迷和好奇的就是这个爱情故事。"

尤金尼德斯扩展了整本书的视野，把叙述重点转移到一个希腊裔美国家庭的身上，这个家庭的三代人都有那种缺乏症。当然了，虽然书中的确涉及到种族和知识分子这样的主题，主要的驱动力还是性变态。"我还记得提瑞西阿斯这个人物带给我的震惊，一人多用，这是多么了不起啊！一个男人明白做女人的感受，太棒了！而且，从文学的角度来讲，又是多么有用啊。如果小说家的责任是进入男人与女人的思想，如果我们看重大多数擅长此道的作家，那么，从提瑞西阿斯的角度来讲这个故事，也许能让作家得到梦寐以求的上帝视角。"

《危情十日》

斯蒂芬·金

—

1989

"嗯，现在我自己也还不能理解，但该做什么就得做啊，"斯蒂芬·金在接受《滚石》(*Rolling Stone*)杂志采访时说。"我是个瘾君子，就得想办法过瘾。所以呢，只能尽量努力地去维持一种平衡。但慢慢地，家庭生活就有了裂痕。通常我还是做得很好的，能按时起床，给孩子们做早饭，送他们去上学。我身体强壮，精力充沛。否则的话我早就自杀了。但过了一段时间书里就能看出些端倪。《危情十日》写的其实是可卡因。安妮·威尔克斯就是可卡因，是我的头号书迷。"

金在嗑药嗑得最厉害的时候创造出安妮这个人物，以自己毒瘾中的特性为基础，塑造出她性格的方方面面。她拒绝离开，强迫保罗·谢尔顿按照她的意愿来写小说，把他的生活毁得七零八落，这些基本上都跟金的药物滥用有关。但安妮的诞生也有其他来源可以追溯。金写道："《危情十日》的灵感，来自伊夫林·沃的短篇小说《狄更斯的书迷》。我在纽约飞往伦敦的飞机上打瞌睡时，突然想起这个故事。沃这个短篇写的是在南美洲，一个酋长很喜欢查尔斯·狄更斯的小说，囚禁了一个男人，让对方读小说给他听。我就想，要是他囚禁的是狄更斯本人，那该是什么样子。"

《海底两万里》

儒勒·凡尔纳

—

1870

儒勒·凡尔纳的《海底两万里》可以跻身影响最大的原创科幻小说之列。讽刺的是，影响这本小说的竟然是文学史上最著名的英雄史诗之一——荷马的《奥德赛》。尼摩船长（Captain Nemo）的名字正来源于此。《奥德赛》中，奥德修斯告诉独眼巨人，他叫"尤迪思"，意思是"无名"。用拉丁文的话，"尤迪思"就是"尼摩"。还有更进一步的联系。《奥德赛》和《海底两万里》的主人公都痛失船上队友，之后在海上逡巡徘徊。

在这本小说中，凡尔纳还参考了真人真事，包括美国海军军官马修·方丹·莫里、探险家让-弗朗索瓦·德加洛、探险家迪蒙·迪尔维尔以及主持修建了苏伊士运河的斐迪南·德·雷赛布。后面这三个名字都跟德加洛失败的环球航行有关。迪尔维尔发现了那次航行的残骸，而雷赛布是唯一的幸存者。

《兔子，跑吧》

约翰·厄普代克

—

1960

1959 年，约翰·厄普代克对世纪中期美国的幻灭才刚刚开始。"我想我就观察一下吧，看看 1959 年自己周围的美国社会，有这么多恐惧胆小、畏畏缩缩的男人，"厄普代克接受美国国家图书基金会采访时如是说，"我觉得自己的内心也有一点恐惧和畏缩。有种不安和焦躁，不愿意做出承诺，没法承担自己的社会责任。"

厄普代克觉得，美国男人这方面的性格特征似乎在 20 世纪中期的文学作品中没能得到很好的体现。这让他有了灵感，创造出小说的主人公，外号"兔子"的哈利·安斯特朗。"我想象他以前是个篮球运动员。上高中的时候我经常看篮球赛，甚至还亲自上阵打过一些比赛，所以我比较清楚做个高中篮球明星是多么辉煌的一件事，这也是美国人生活中稍一观察就能看到的事实。你擅长运动，身材高大，十八岁以前一直觉得自己是人中豪杰，然而那之后的一切都开始走下坡路。他的性格就这样慢慢形成，还得了个外号'兔子'——畏畏缩缩、性欲旺盛、总是紧张、喜欢吃草和蔬菜。我很轻而易举地就描绘出他的形象，还有他下意识的反应，他和别人说话时的样子，好像早就刻在我脑子里了。可能是因为在很多方面都像我自己一样。"

厄普代克故意进行了一种误读，部分是源自杰克·凯鲁亚克（Jack Kerouac）的《在路上》（*On the Road*）[1]。厄普代克说："这本书很显然是在劝人跑路、逃避，不用读我就很厌恶这种劝告。《兔子，跑吧》是想进行一种很现实的表达，让人们看看一个年轻的美国居家男人上了路会有什么后果：被他抛下的人会受伤。想要从50年代已经有些松动却让人紧密联系的社会网络中退出，是不可能不经历痛楚的。阐述一个这么刻板的道德准则当然不是我唯一的目的，书的最后主人公欣喜若狂，是个开放式的结尾，就该这么开放，仿佛在见证我们心中一种与道德无关的执着追求，追求一种曾经的慈悲与恩惠。"

《卡瓦利和克雷的神奇冒险》

迈克尔·夏邦

–

2000

"小时候，父亲总给我讲20世纪中期的美国生活，讲得活灵活现，"迈克尔·夏邦说，"他讲起那个时代的电台节目、政客、电影、音乐、运动员等等，真是如数家珍。他是布鲁克林人，所以他对那

---

[1]　杰克·凯鲁亚克是美国"垮掉的一代"代表作家。《在路上》这部长篇小说带有很浓的自传意味，结构松散，描写了一群年轻人荒诞不经的生活经历，被公认为20世纪60年代嬉皮士运动和垮掉一代的经典之作。（见本书259页。——编者注）

段岁月的回忆与看法有很强烈的纽约风味。我想，我写这本书有个主要目的，就是想把自己传送到当时当地，就像小时候父亲给我创造的天地。"

夏邦完全做到了。他的故事发生在第二次世界大战的战前、战中和战后，发生在纽约。作为一部以那个年代为背景的小说，夏邦选取的视角很少见，他描写了美国在欧洲和太平洋战场酣战时，想要在本土干出一番成就的人。这个视角脱胎于夏邦小时候对漫画书的喜爱。夏邦说："我开始写这本书，都是因为十五年来随身携带的那一箱子漫画书。我小时候有很多很多漫画书，都卖掉了，只有这一箱硕果仅存。十五年来，我在哪里，这个箱子就在哪里，从来没打开过。箱子用胶带封得好好的，我也不去动。写完《奇迹小子》不久后的一天，我搬家的时候看到这个箱子，把一层层的胶带撕开，掸掉灰尘。里面的味道迎面扑来，那么丰富，一下子唤起我那已经消失却多姿多彩的童年想象。我心想，这个箱子里应该能诞生一本书呢。"

20世纪四五十年代是漫画书在美国的黄金时代，再加上夏邦对20世纪早中期的美国历史有非常亲密的感情，故事的时间和背景就这么自然而然地产生了。小说的两位主人公约瑟夫·卡瓦利和萨米·克雷隆重登场，他们开始进行创作，想要塑造属于自己的美国式成功历程。两位主人公创作的冒险故事，主要人物是超现实的"逃脱侠"，但在这之外，两人各自有十分鲜明的性格特点：约瑟夫要带家人逃出被纳粹占领的布拉格，而萨米则在努力弄清自己的性取向。两个人物十分独特，有着很具体的观点和看法，但夏邦宣称，他们在现实生活中没有任何原型。用他的话说，"至少我自己是没意识到有什么原型"。他还宣称，事实上，自己根本不知道这两个人物的灵感到底是源自何处。"我也不知道他们从哪儿来的。我猜，大概是在写这本书的最初几个小时，就在那些原始的文字中慢慢成型，样子比较模糊，有点像马特和杰夫[1]，一个大个子，一个小个子，一个像堂吉诃德，一个像桑乔……成型以后迅速地清晰起来。"

不用说，《卡瓦利和克雷的神奇冒险》可以一路追溯到夏邦的父亲。"我也不是很清楚我到底跟漫画书有什么联系，不过我能确定，是父亲引领我走进这个世界，他自己小时候也是狼吞虎咽地看了很多漫画书。七十年代我大量看漫画的时候，国家联合出版公司（DC）出的漫画书很火爆，一本有八十到一百页，一般来说都是四五十年代那些故事的再版。所以我很容易就理解了父亲的童年，并产生亲切感，至少在这方面是这样。所以，这本书献给我的父亲罗伯特·夏邦，也就不奇怪了吧。"

---

[1] 马特和杰夫是一部同名美国动画片中的主角。

《觉醒》

凯特·肖邦

—

1899

一直到 20 世纪 60 年代,《觉醒》才作为并不离经叛道的文学作品重新被重视, 摆脱了荒谬时代的束缚, 获得巨大的成功。这部小说最初出版于 19 世纪 90 年代, 讨论了自杀和女性的社会地位等问题, 一出版便遭到很多谴责和敌意。那时候社会仿佛走到悬崖峭壁上, 正面临重大变革: 全社会将"做母亲是第一天职"的观念强加于女性身上, 而女性则开始努力打破这种桎梏; 于是男性担心自己会失去对政治与经济的掌控。《觉醒》迫使女性读者直面生活, 去思考是哪些限制阻碍了她们自由自在的生活, 也迫使男性读者去正面思考, 也许有一天女人真的能够取得与他们平等的社会地位。悲哀的是,《觉醒》之后, 肖邦发现她无法继续写作生涯了, 各种污名扑面而来, 没人愿意出版她的作品。她没有收入, 病痛与家庭问题缠身, 最终在《觉醒》出版的五年后因脑溢血撒手人寰。

那时候社会仿佛走到悬崖峭壁上, 正面临重大变革: 全社会将"做母亲是第一天职"的观念强加于女性身上, 而女性则开始努力打破这种桎梏; 于是男性担心自己会失去对政治与经济的掌控。

《紫色》

艾丽斯·沃克

一

1982

"妈妈在咱们的小棚屋周围种了很多很多花，于是原来那个破旧的小棚屋消失了，变成了……就是一个很棒的地方，"2013 年，艾丽斯·沃克在接受《赫芬顿邮报》(*Huffington Post*)采访时如是说，"所以，我对贫穷的看法总是隔着一层屏障，这屏障就是无限灵巧的创造与艺术的力量。"1944 年，沃克出生在佐治亚州的伊顿顿，父母都是佃农。那时候，在美国南部腹地，种族主义依然盛行。1961 年，她离家前往史贝尔曼学院求学，在去程大巴上，一个白人女性要求大巴司机强迫沃克到大巴后面去坐。司机也理所当然地照做了。"我要么拒绝他们的要求，坚持坐在前面，然后被捕，待在这个小镇上，"她回忆，"要么就听话，待在车上，到亚特兰大去读大学，立刻投身到民权运动中。"

沃克不断遭遇种族歧视，她认识的很多人也都有类似的遭遇，但她读的那些书里，这样的事情却极少有人去写。"我认识的那些人，他们的生活在大多数文学作品中都是不存在的。比如，我妈妈这样的形象，在文学作品里根本找不到。我满心满怀都是她，所以她怎么就不能存在于字里行间呢？大家都很喜欢我的父母和祖父母，我听人讲他们年轻时的故事，特别吸引人。我开始写这本小说，就是因为渴望听他们讲故事。我非常坚决地要让他们发声，因为你不让别人自己发声的话，根本就无从得知他们到底是谁。他们就这样被抹去了，消失了。"

沃克对那些面临被驱逐命运的佃农进行了采访，将他们的讲述转录成文字，用他们的故事和那些她从小到大认识的人的故事写出了《紫色》——帮她赢得了普利策小说奖。

> "我认识的那些人，他们的生活在大多数文学作品中都是不存在的。"

"我希望人们在读《紫色》时能够理解的是，我们也许真的会遭遇各种各样的不幸，然而生活仍然是那么奇妙而丰富，我们可以活在当下，我们仍然可以非常幸福快乐。"

《彼得兔的故事》

碧翠克丝·波特

—

1903

《彼得兔的故事》灵感来源于作者碧翠克丝·波特小时候的宠物兔子"吹笛子的彼得"，而且一开始这是写给一个病孩儿的信。读者是谁呢？五岁的诺埃尔·穆尔，碧翠克丝曾经的家庭教师的儿子。波特给穆尔寄去了彼得兔的第一次冒险，还有她自己画的插图，想鼓励他好好与病魔抗争。一直等到十年后的1902年，这个故事才被弗雷德里克·沃恩公司（Frederick Warne&Co）出版，后来卖出了四千多万本。

《金翅雀》

唐娜·塔特

2013

"我在根本不知道自己在写什么的情况下写了一阵子，"塔特提到自己从 1993 年就开始做的笔记时说，"我的每本书都是这样。你脑子里冒出一些东西，自己也不知道到底会演变成什么样子。你一定要相信，最后它们都会水到渠成，水乳交融，你的潜意识是知道自己在做什么的。"

她在写的就是《金翅雀》的开头，而这本描写同名画作的小说得了普利策奖。今天，那部画作之所以著名，是因为逃过了一场火灾，而画家法布里蒂乌斯却没逃出来，不幸离世。"他是英年早逝的，"塔特说，"就我们对他的了解，他是很有革命精神的。他是伦勃朗最出名的门生，是当时很优秀的画家。你看看《金翅雀》这幅画，那种天光的感觉恰恰是伦勃朗的技法，但又不是伦勃朗那种从内部发射出金光的感觉。法布里蒂乌斯用老师的技法表现了阳光。维米尔是从他这里偷的师。[1] 我们喜欢维米尔画中那种天光的质感，正是传承于法布里蒂乌斯。他就是联系伦勃朗和维米

---

[1]　伦勃朗和维米尔都是著名的画家。伦勃朗是荷兰历史上最伟大的画家，他给自己画了百余幅自画像，善于使用明暗对比来为画作增添魅力。维米尔是荷兰优秀的风俗画家，特别善于表现室内光线和空间感，代表作有《戴珍珠耳环的少女》等。

尔的纽带。他是个绝佳的写作素材，因为他实在太不出名了，有点像传说中的博格斯，一个可能存在也可能不存在的大画家。大家对他知之甚少，所以他处在虚构与非虚构的边缘，既是传奇，也是现实。"

有了写《金翅雀》的想法，塔特就经常在上午时分造访纽约公共图书馆，故事的背景一部分是在纽约，另一部分在阿姆斯特丹，这是她一直想写进小说的设定。写作的早期，她去了趟拉斯维加斯，于是又把这个城市加入背景中。写了将近八百页之后，她就有了一本探讨地下艺术及其他话题的小

> "我其实不怎么关心具体的艺术犯罪故事；更感兴趣的还是那种阴郁的阿姆斯特丹情绪，阴郁的纽约情绪，还有维系两座城的艺术纽带。"

说。塔特说："我其实不怎么关心具体的艺术犯罪故事；更感兴趣的还是那种阴郁的阿姆斯特丹情绪，阴郁的纽约情绪，还有维系两座城的艺术纽带。回忆起来，我其实并没有很明确地想把艺术界作为描写对象，这个主题只是从字里行间有机地生长出来。巴米扬的大佛被毁，也让我心烦意乱。我当然说不出来这件事是怎么影响了我，让我以艺术为背景写犯罪故事，但我知道，一定是有影响的。"

《芒果街上的小屋》

桑德拉·希斯内罗丝

—

1984

《芒果街上的小屋》于 1984 年问世，在墨裔美国人生存十分艰难的时代背景下，集中描写了一个墨西哥裔美国家庭的故事。小说的故事背景下，美国政府针对有墨西哥血统的人的种族歧视十分猖獗，三令五申强调非法移民，还严惩那些雇用无相关证明文件工人的雇主，这种行为从某个方面也助长了种族主义的风潮。人们对每个有墨西哥血统的美国人都有一定的成见，根本不顾道德礼貌，也没有人道主义精神。这种风潮的后果即便是最轻微的，也会让那些置身其中的人感到很不舒服。

有人问桑德拉·希斯内罗丝，创造小说主人公埃斯佩朗莎时，她周遭的世界是个什么样子。她回答："嗯，当时我刚刚研究生毕业。埃斯佩朗莎是我在爱荷华大学时就开始创造的人物。那时候，我无论是作为一个有色人种，一个女人，还是一个工人阶级背景的人，都觉得没有归属感，很不舒服。我对此做出的反应，就是开始创作《芒果街上的小屋》，几乎就是要借此来宣称，'这才是我'。这本书成为了我的旗帜。现在我已经想明白了，自己当时是在创造新的东西。我是在对小说与诗歌进行异花授粉，写出了两者的结晶。我正在跨界，当时却浑然不知。"

埃斯佩朗莎那个虚构的家庭，基本上是以希斯内罗丝自己的大家庭为原型的。其实，她把小说中那个家庭写得比较小，只是因为她以前没写过小说，没办法想象自己能把很多人物都写得活灵活现。尽管父亲一直不接受她以写作为生，一直到去世前两年才松口，希斯内罗丝仍然从自己的家庭中汲取灵感，描绘了埃斯佩朗莎一家。她父亲认为，一个墨裔美国女性最现实的成功之路就是去做天气预报员，主要是因为，那时候人们看得见摸得着的最成功的拉丁人士，也就是做这个的了。

尽管很少有成功的拉丁人士在美国媒体上抛头露面，希斯内罗丝写《芒果街上的小屋》时，仍然采取了更为个人的视角。她说："我想用属于自己独特的声音来写点东西。我希望写出来的东西人人都看得懂，比如那些在邓肯甜甜圈店工作的人、公车司机、像我爸爸一样劳累一天回到家脚很痛的人，像我妈妈一样每天忙得不可开交、家里孩子一大堆的人。我希望这本书的语言足够优美抒情，这样我那些吹毛求疵的同学也会认可。但同时也要能张开双臂接纳那个老街区里我所爱的人们。"

"我是在对小说与诗歌进行异花授粉，写出了两者的结晶。我正在跨界，当时却浑然不知。"

《人性的污秽》

菲利普·罗斯

—

2000

2012 年 9 月 6 日，《纽约客》(*The New Yorker*) 刊登了一封公开信，菲利普·罗斯试图在信中澄清《人性的污秽》背后真正的灵感。信的抬头写道："亲爱的维基百科"，然后开始罗列事实，说该网站的管理员觉得罗斯不是个可靠的消息来源，还引用了编辑们的要求，说他们要罗斯列举第二手文献，来验证其对某个条目的编辑修改。当然，罗斯编辑修改的正是关于自己小说的维基百科条目。但他又收到管理员的来信，"我们需要有第二手文献"。

于是就有了这封公开信。信里说，维基百科一开始的条目下面有句话，说这部小说的"灵感据称是作家安那托勒·布洛雅的生平"。罗斯澄清了真正的灵感来源，写道："这个'据说'根本得不到证实。其实，《人性的污秽》灵感来源于我已故朋友马尔文·图明一生中的不幸遭遇。他在普林斯顿大学做了大概三十年的社会学教授。1985 年的某个秋日，事无巨细的马尔文正在社会学课上一丝不苟地点名。他注意到已经期中了，有两个学生一次课都没来上过，也没去找他解释缺课的原因。点完名后，马尔文向同学们问起这两个素未谋面的学生。'有人认识这两个人吗？他们真的存在吗，还是只是鬼魂？'嗯，让大家失望了，这恰恰就是《人性的污秽》

的主人公科尔曼·希尔克在马萨诸塞州雅典娜学院的古典文学课上对学生说出的话。那之后马尔文几乎是立刻被大学领导召去，让他解释解释为什么要用'鬼魂'这个词。因为这两个缺课的学生，偏偏都是非裔美国人，而'鬼魂'（spooks）在美国曾经是针对黑人的蔑称，当然没有'黑鬼'（nigger）来得严重，但仍然有有意贬低的意思。之后几个月图明教授遭遇了一场政治迫害（恰如《人性的污秽》中的希尔克教授），最后倒是清白脱身，但在那之前他上交了一系列冗长的证词，宣称自己是无辜的，没有发表任何歧视仇恨的言论。"

《饥饿游戏》

苏珊·柯林斯

一

2008

有人问起《饥饿游戏》的创作灵感从何而来，苏珊·柯林斯回答道："一天夜里我躺在床上，换着各种电视频道，有真人秀，还有战争前线的报道。上个频道是一群年轻人在比赛什么，我也不太清楚；下个频道就是一群年轻人在真刀真枪地打仗。我当时很累，频道换来换去，画外音也变得令人不安地模糊。就在那时，我想到了凯特尼斯的故事。"

战争的部分很能引起柯林斯的共鸣，因为她父亲曾经在越战时期服过役。"他离家一年,"她说,"妈妈努力保护我们(我是四个孩子中最小的),但有时候我还是能从电视上看到战场的情景。我年纪很小,但会听到他们说'越南'这个词,我知道爸爸在那个地方,真可怕。肯定还有很多人跟我有同样的经历。但各种各样的节目实在太多了,我担心大家会对电视上的影像感到麻木。如果你是在看肥皂剧,那没关系。但如果眼前有真实的悲剧正在发生,你就不能觉得自己只是在袖手旁观。因为屏幕上的都是活生生的人,进广告的时候,他们也还在受苦。"

"上个频道是一群年轻人在比赛什么,我也不太清楚;下个频道就是一群年轻人在真刀真枪地打仗。我当时很累,频道换来换去,画外音也变得令人不安地模糊。就在那时,我想到了凯特尼斯的故事。"

小说的基础设定是真实的历史背景,但具体内容与神话有密切关系。"很大程度上是基于忒修斯和弥诺陶洛斯的传说,那是我八岁时看的故事。我特别痴迷希腊罗马神话。雅典人得罪了克里特岛,作为惩罚,要定期向克里特岛敬献童男童女各七人。这些孩子一到岛上就被扔进迷宫,被半人半牛的怪物弥诺陶洛斯吃掉。我很小的时候看这个故事,大气都不敢出一口,因为太残酷了,克里特岛太无情了。他们想说的就是,如果惹了我们,我们就会进行比杀了你更可怕的复仇,会杀掉你们的孩子。而父母们坐在一边,根本无力去阻止悲剧的发生。恶性循环一直继续着,直到忒修斯主动请缨前往,他干掉了弥诺陶洛斯。凯特尼斯是个富有个性的未来世界忒修斯。但我不想写迷宫里的故事。所以决定写一场升级版的罗马角斗士比赛。"

《老人与海》

欧内斯特·海明威

一

1952

1952 年，欧内斯特·海明威写了《老人与海》，如果说那时候的他还需要证明什么，那可就太不符合基本逻辑了。但的确是这样的心态，让他奋笔疾书，以证明自己还能写出最优秀的代表作。距离他上次出版收获评论界满堂彩的小说，已经过了十多年，很多人至少当时的文学评论界都在议论纷纷，说海明威再也写不出能代表他在文坛巨匠中地位的作品。

20 世纪三四十年代，海明威有时候定居在古巴的哈瓦那，他在那里获得了独特的视角，以此来观察这瞬息万变的世界发生的种种事件。这本书里没有提到四五十年代初期那些主要的国际大事，比如美国和苏联之间越来越剑拔弩张的关系。但消费主义的逐渐盛行的确对小说情节的形成有一定贡献。古巴渔业正慢慢从文化转型成产业，年轻的捕鱼人开始利用新科技来确保利益最大化。捕鱼这个行为在变得更有个体区分度的同时，亲切感却少了很多。再也没有哪个地区和那里的人们能够在以捕鱼为特色的情况下获得

> 圣地亚哥象征着逝去的时代，是作家去过的地方与见过的人的结合体。渔夫就是他的身份。不捕鱼的话，他与必然的死亡、孤独和贫穷的抗争，就会成为生活的主题，而且有可能致命。

现代社会所定义的"成功"。

圣地亚哥象征着逝去的时代，是作家去过的地方与见过的人的结合体。渔夫就是他的身份。不捕鱼的话，他与必然的死亡、孤独和贫穷的抗争，就会成为生活的主题，而且有可能致命。海明威否认小说主人公和现实世界中自己认识的人有关系，但这个人物的某些方面，很有可能是取材于一个名叫格雷格里奥·富恩特斯的古巴人。富恩特斯是海明威那艘"比拉号"的船长，加纳利群岛人，大半辈子都在捕鱼。他陪伴海明威走过三十年，直到1961年作家自杀。富恩特斯一直活到一百零四岁，他在整装收拾准备去教堂时，在那栋担当海明威厨子和船长期间住的房子里去世。

《喧哗与骚动》

威廉·福克纳

—

1929

《喧哗与骚动》得到了普遍认可，被誉为20世纪美国文坛在创新上最成功的小说之一。而作品本身表达的是内战以后南部人的身份认同危机。战后，贵族阶级分崩离析，财富都渗着残忍的血色，再加上重建运动，南部人心中向往的那种历史性的繁盛几乎不可能实现。换句话说，过去南部那些大族长与将军所坚守的价值观，在

20 世纪早期已经变得不切实际了。那么，威廉·福克纳为什么要从南部那些潦倒后代的视角切入，写得好像和祖先们有密切关系一样呢？

福克纳本身就处在一个很独特的立场。他出生在密西西比州一个显赫的南部家庭，很多祖先都在不同的战争中战斗过，担任过好些政坛要职。而福克纳连高中都没上完。他很明白被去日辉煌的幽灵缠身却无可追补的感觉：大家觉得你人生很失败，不是从你的现实情况来判断，而是基于你先辈们的成就。当然，福克纳很早就开始推翻这样的命运。一个多世纪以后，我们津津乐道的是他在文坛的巨大成就，而不是他的祖先。即便如此，丰富显赫的家族史投下的阴影让他拥有了必要的视角，写出了《喧哗与骚动》，一部至今享有盛名的小说。

《天使在美国》

托尼·库什纳

–

1991

"大概在 1985 年 11 月左右，我的一个朋友因为艾滋病去世，这是我身边的第一例，"托尼·库什纳回忆，"他是个舞蹈家，让我特别动心，特别体贴温柔又美丽的男人。我拿到全国教育协会的导演奖学金，要去圣路易斯一家由固定剧团定期换剧目演出的剧场进修。就在我快离开纽约之前，各种小道消息传来，说他病了。到 11 月，他去世了，我就开始做一个梦：比尔要死了。我也不知道他是不是真的要死，但他穿着睡衣，卧病在床。天花板倒塌了，一个天使进入房间。于是我就写了首诗。我不是个诗人，但还是写了这首诗，写了很多页。写完以后我就放到一边去了，不会给任何人看的。诗题就是《天使在美国》。"

> "故事大纲的问题在于，你从其中看不出这些人到底是谁。你要真正去写，才能了解他们到底是谁。"

当时，库什纳在纽约大学提斯克艺术学院的研究生学业接近尾声，他开始把重心从导演转到写作。他租了一个二十八个座位的小剧场，上演他写的一部剧《一间叫作白昼的明亮房间》（ *A Bright Room Called Day* ）。旧金山尤里卡剧场的文艺顾问奥斯卡·尤斯提斯刚好错过了本来要看的一部戏的开场时间，就来看这部。尤斯提斯在其中找到很大的共鸣，证据就是，他邀请库什纳去西部，好在尤里卡剧场演他的戏。西海岸的巡演圆满落幕之后，奥斯卡问库什纳，有没有兴趣在委托关系下写一部剧。库什纳表示有兴趣，而且想把这部剧叫作《天使在美国》。

结果，他就写出了一部荣获普利策奖、长达七个小时的剧作，还不得不被分为两部分："千禧年降临"和"重建"。最初的故事大纲只计划了两小时的演出，带中场休息。但用库什纳本人的话来说："剧中人物一直在做不应该做的事。故事大纲的问题在于，你从其中看不出这些人到底是谁。你要真正去写，才能了解他们到底是谁。"

那些人物跟 80 年代的很多主要议题有关，比如里根主义 [1]、恐同思想、种族问题、宗教流行与艾滋病的盛行。然而，这部剧的重点并不是要做什么强势的政治声明，而是想从一个 20 世纪末男同性恋的视角来描述人生。"刚开始写的时候，我是想写写像我一样生活是什么感觉，"库什纳说，"纽约的男同性恋、80 年代中期……不把这一切放在艾滋病流行的背景之下，我根本就写不出来。而且，里根总统在任时，似乎政治气候也有巨大的变化。我出生时的那个世界慢慢消逝，有什么挺可怕的新事物正在取而代之。"

《赎罪》

伊恩·麦克尤恩

–

2001

2006 年，作为对有人指责《赎罪》抄袭的回应，伊恩·麦克尤恩在给《卫报》写的一篇文章中明确指出这本书的灵感来自何处。他写道："'如果我以前跟你说过这事，那就叫我别说了'，我父亲从来都没说过这样的话。他需要去复活自己以前的经历，特别是在生命的最后一年。也许，战后在军队办公室那种久坐不动的工作做多

---

[1] 指美国总统罗纳德·威尔逊·里根在 1986 年发表的一篇咨文中提出的方针，核心主题是与苏联争夺第三世界。

了，他才意识到，敦刻尔克[1]以及他后来从中缓慢恢复的经历，是他这辈子最紧张刺激的时期，是他真正最充分感觉到生命蓬勃的时候。等到我写《赎罪》的时候，自然而然地顺手参考了父亲的故事来搭建整个故事架构：开头1935年的部分写完之后，再写到敦刻尔克，然后就必须写到1940年一座伦敦医院的重建。将虚构的角色安插进真实的历史大事件中，是怪诞而突兀的。然而我只能做出妥协，放弃某种自由。当人不断地在幻想与历史记录的交缠中穿梭再穿梭，心里会感觉有沉甸甸的责任，一定要确保史实无误。特别是写到战争时期，尊重史实就是在尊重整整一代人所受的痛苦和磨难。他们本可以好好过平淡的生活，却被强行征召入一个噩梦。"

抄袭的指控来自英国《周日邮报》，该报刊登文章指出，小说中有些语句看上去很像摘录自一位战时护士的回忆录。这些语句是经过无数个小时的研究才挖出来的，研究对象是当时伦敦圣托马斯医院的"南丁格尔护士"[2]，关于她们的信息可谓少之又少。"当所有这些元素都在六十年前时，"麦克尤恩写道，"对事实的追求就变得难上加难，也成为重中之重"。慢慢地开始也有少量的信息浮上水面，偶尔会有与家里往来的信件，琐碎的日常工作，拿着名叫"乔治"的模型娃娃进行演练……但敦刻尔克的伤员一开始涌入医院，一切记录戛然而止。后来，麦克尤恩发现了一本名为《无暇浪漫》（*No Time for Romance*）的回忆录，作者是露西娜·安德

---

[1] 指敦刻尔克大撤退，1940年英法联军历史上最大规模的军队撤退行动。

[2] 南丁格尔是19世纪的英国护士和统计学家，后来她的名字成为护士精神的代名词。"南丁格尔护士"是优秀护士的称号。

鲁斯，就是那家英国报纸说他抄袭的那本。书中对敦刻尔克撤退情况以及伤员治疗情况的回忆和讲述，看上去十分准确；令麦克尤恩吃惊的是，安德鲁斯写了有人因为骂人而被怒吼制止的一幕，和父亲说起当时经历时的一些讲述有着吊诡的相似。麦克尤恩写道："安德鲁斯描述的并非一个想象出来的世界，她不是在写小说。那是一个大家一起经历的现实世界，里面有战争博物馆里的信件，有我父亲漫长的住院时光。她写的好像是波澜不惊的生平故事，却在字里行间创造了一份重要而独特的医院历史记录。在我看来，她写的一切极致精确，在优秀报告文学的形式下融入了几乎完全被忽视的战争经历。这也是我想通过自己女主角的视角来进行生动展现的。敦刻尔克那部

"当所有这些元素都在六十年前时，对事实的追求就变得难上加难，也成为重中之重。"

分，我的确参考了她描述的那些场景。再强调一遍，这些事情一定要真正发生过，这对我很重要。对于一些早就过时的医疗方法，她就是我唯一的参考资料，对此我一直万分感激。我在《赎罪》结尾'作者的话'中公开感谢了她，那之后在各种公共场合被频繁问到各种为这本书做的研究，几乎和'你的灵感从哪里来'一样频繁，每当此时我也都会感谢她。我在无数的采访以及四（电）台念的致敬稿中也都提起了她。比较遗憾的是没能见她一面。但如果现在的人们会说起露西娜·安德鲁斯，我感到很高兴。我说她已经说了五年了。"

《鸟鸣》

塞巴斯蒂安·福克斯

—

1993

塞巴斯蒂安·福克斯写道："很难准确描述我觉得缺失的东西，但大致来说，我觉得应该是：对那些战士亲身经历的充分理解；还有可能更重要的一点，就是对参与本世纪第一次大屠杀到底意味着什么的哲学高度的理解；毕竟，经历了这场屠杀，其他惨绝人寰之事似乎也没那么难以想象了。""一战"后的那几年，气氛依然沉重，毕竟有数千万人不幸罹难，留下巨大的创伤。和这场大战有关的文学作品通常是自传体，其中最有名的那些大概在20世纪30年代中期一个个地冒出来。接下来的十年，又一场规模空前的战争爆发，永久地改变了战争文学的面貌，人们也逐渐开始遗忘之前的那场战争。"1945年以后，不出几年的时间，"福克斯写道，"涌现了大量新的战争文学作品，大多都写了开飞机，写了逃离战犯营，大多都高调宣扬英雄主义。战争中道德追求变得比平时明确很多，刚好借这个背景之便……五六十年代，银幕上充斥的都是炮火，然而文艺界对'一战'的兴趣却越来越小。"

文学与影视作品中都缺失了"一战"老兵的身影。等到1988年，这些身影在福克斯心中才真实立体起来。当时他陪着六个九十多岁的老兵去比利时的佛兰德斯区，那里曾经遭遇过最严重的战火。"我和这些人一起站在欧贝山脉的泥泞中。1915年，也是在同样一片泥泞里，他们收拣了战友的残骸。一边聊起这样的过往，一边互相握着手，让我感觉与他们心意相连，并被拽出了对战争充满英雄与浪漫幻想的世界，回到现实。"2009年，福克斯再次认识到战争的现实。最后一名在世的"一战"老兵于当年与世长辞，人们举办了盛大隆重的追悼仪式。去世的这位老兵叫哈利·帕奇，在"一战"中服役三个月，对有关这场战争的一切都无比痛恨。然而，他的追悼和下葬仪式却搞得和高级职业军官一样。福克斯认为，这是一种"良心不安"，"一个国家迟缓地醒悟过来，发现九十年来他们都没能给予整整一代人本应享有的关注与关怀"。

福克斯对那些"一战"老兵表达敬意的方式，是尽量在调查研究中保持真实可信、重点突出。在写小说时，他只使用可靠的第一手资料。毕竟，这本书是"想要尝试去做个弥补的姿态，对那些被迫卷入灾难性战争的人表达迟来的爱与理解"。

《魔女嘉莉》

斯蒂芬·金

一

1974

斯蒂芬·金在他的著作《写作这回事：创作生涯回忆录》中写道："我哥哥戴维在大学时期的暑假曾在布朗斯威克高中当过门卫。有一年暑假我也在那里干过一段时间。有一天，我被派去清理女生浴室墙上的锈迹。我发现女生的淋浴区跟男生更衣室里不一样，有铬质 U 形环，上面挂着粉色的塑料浴帘。在洗衣房工作的时候，这段记忆突然浮上心头，我开始构想一个故事的开头：女生们在冲澡，浴室里没有 U 形环，没有粉色浴帘，也没有隐私。突然有个女生来月经了。可她不太搞得懂这种事情。而其他的女生有的觉得恶心，有的觉得害怕，有的又暗自好笑。她们朝她扔卫生巾……那个女生尖叫起来。好多血啊！几年前我在《生活》杂志上读过一篇文章，说至少有几起传说中的闹鬼事件很可能其实是心灵致动现象。心灵致动指的是单凭意念就可以使物体移位的能力。有证据表明年轻人可能拥有这样的能力，尤其是处在青春发育早期的少女们，大概就在她们第一次——砰！少年残酷与心灵致动，这两个毫不相干的念头碰到了一起，我有了个想法。"

他开始构建人物，动笔写这个故事，结果只写了几页，就整个作废了。他最终把这个故事写完，是因为妻子把那几页从废纸篓里捡出来看了，表示想知道这个故事的后续。

《魔女嘉莉》是金出版的第一部小说，直到今天也是他最著名的作品之一。这部出版于 1974 年的小说，主人公的灵感来源于两个女孩。金在她们故去之前认识了她们。一个女孩在小学就饱受欺凌，因为她每天都穿同样的衣服上学；另一个来自一个极其虔诚的宗教家庭。他开始构建人物，动笔写这个故事，结果只写了几页，就整个作废了。他最终把这个故事写完，是因为妻子把那几页从废纸篓里捡出来看了，表示想知道这个故事的后续。

《晚安，月亮》

玛格丽特·布朗

一

1947

玛格丽特·布朗能够从孩子的视角出发去进行写作，这让她有了得天独厚的机会，让自己的写作发挥很大的作用。但她并不是特别在乎这种能力。"我希望有一天，只要自己有想说的，就能写点比较严肃的东西，"她说，"但我就一直被困在童年里。想走却走不出去。"布朗终生未婚未育。她家境优裕，父母却很忙碌，没时间陪孩子。布朗渴望成为一个伟大的小说家，给出版商投了好几部稿子，都没得到采纳。父母又开始给她施加压力，要求她开始交房租，于是，她开始为自己工作的学校编写教材。她的理念基础是孩子们与自己世界的联系之密切，要超过他们与未知世界的联系。换句话说就是一种关联性。《晚安，月亮》的灵感来自她的一个梦，她在梦里想起自己小时候住在托儿所，每晚都要举行小小的仪式，对每样物件说晚安。

《绿鸡蛋和火腿》

苏斯博士

—

1960

《学校图书馆期刊》(*School Library Journal*)上的一篇评论中描述《绿鸡蛋和火腿》，说这个故事"字数有限，但表达的情感之丰富，堪称无限"。这个故事其实是苏斯博士和编辑打赌的结果。他那时刚刚写了《戴帽子的猫》(*The Cat in the Hat*)，只用了二百二十五个单词。编辑又向他提出挑战，用五十个或五十个以下单词写个完整的故事。结果，苏斯打赌打赢了。他把《绿鸡蛋和火腿》的手稿改成了刚好五十个单词的故事。

《别有洞天》

路易斯·萨奇尔

—

1998

"我动笔的时候，从来没想清楚过自己要写什么，"路易斯·萨奇尔说，"我一般就从某个人物开始写，让故事自然发展。而这本书呢，不是从某个人物开始的；我最先写的是绿湖营，一切从那里开端。我想写这个营，最初的灵感应该是来自得克萨斯夏季的热浪。我开始写这本书时，我们刚刚从缅因度假归来，从那里相对的凉爽中一下子进入得州的夏季。只要是七月份在得州庭院里劳作过的人，很容易就能想象地狱的模样，你要在得州残酷的烈日下，日复一日地挖一个 1.5 米深、1.5 米宽的洞。"

《数典忘祖》

杰罗姆·劳伦斯 / 罗伯特·李

—

1955

杰罗姆·劳伦斯和罗伯特·李写的剧本《数典忘祖》，虽然基本上是虚构的，但起源是 1925 年一场真实的审判。约翰·T. 斯科普斯违反当时田纳西州的法律，在高中科学课上讲授达尔文的进化论，引发了这场斯科普斯"猴子审判"。《数典忘祖》[1] 这个书名来自《圣经·旧约·箴言》，"扰害己家的必承受清风，愚昧人必做慧心人的仆人"。第二幕开场也有朗读这段经文。当然，剧本本身纯属虚构，两位剧作家也在开头就说明了这一点。剧中包含的"神创论"对阵"进化论"的概念，是想隐喻 1955 年美国的现实状况，也就是对共产主义的非难和麦卡锡主义的逐渐盛行。1966 年，劳伦斯接受《新闻日报》的采访时说："我们用教授进化论作为一个

---

[1] 直译为：《承受清风》。

寓言，比喻各种类型的思维控制。这无关乎科学或宗教，而是思考的权利。"

《看不见的城市》

伊塔洛·卡尔维诺

—

1972

《看不见的城市》的构架，是老了以后的忽必烈与探险家马可·波罗之间的对话，主题是忽必烈统治下蒙古帝国的扩大。书里有对五十五个不同城市的描述，波罗声称，这些城市他都探索过。他对城市的描写充满了创造与幻想的意味；没有一一罗列城市的各个区域，而重点讲述了每个地方与众不同的元素。每一章的风格都有那么点儿像《马可·波罗游记》(*The Travels of Marco Polo*)，正是这本书给了伊塔洛·卡尔维诺灵感。在《马可·波罗游记》中，马可·波罗说他在蒙古帝国统治时期走遍亚洲，描述了旅途中的各个城市。他游记的真实性引起很大争议，人们大多认为这本书过分夸张了。

《简·爱》

夏洛蒂·勃朗特

—

1847

"事态的发展不在我掌控之中，我有了一群养尊处优、宠溺过度、吵闹顽劣的孩子。我总是得一边好他们，一边还要教导他们，这是我前所未见的。我很快发现，这种要让我发挥动物本能的持续要求，使人筋疲力尽，而且是最低等的耗费精力。我想很多时候我都觉得沮丧抑郁。"这段话摘自夏洛蒂·勃朗特写给友人艾伦·纳西的信，当时她在有钱人家西奇威克家做家庭教师。不出所料，简·爱做家庭教师这个情节从根本上是来源于勃朗特本身的经历，这样的主题贯穿了整本《简·爱》。

《简·爱》中最先看到的勃朗特的人生经历，是她的两个姐姐伊丽莎白和玛利亚·勃朗特因为寄宿学校条件恶劣死于肺结核。书中的两个人物和两姊妹同名，除此之外，勃朗特还根据这样的经历，写了海伦·伯恩斯的死，死因是肺痨，同样也跟寄宿学校的恶劣条件有关。为了加强这种联系，勃朗特还用一个名叫威廉姆·卡鲁斯·威尔逊的福音派神父做了校长勃洛克赫斯特的原型，而这个威尔逊就是勃朗特家孩子们读的寄宿学校的管理人。

书中还有勃朗特弟弟布拉姆韦尔的身影：他后来沉迷于酒精与毒瘾，乃至丧命。勃朗特依据弟弟的遭遇，创造了约翰·里德这个沉迷于酒精而痛苦不堪的人物。简·爱后来发现爱上的人已经结婚了，这样的爱情经历取材于勃朗特弟弟和她本人的经历。她弟弟和一名有夫之妇有染；夏洛蒂也爱上了一位已婚教授，康士坦丁·埃热。

女人被囚禁这个情节也和勃朗特密切相关。1839 年，勃朗特去北约克郡旅行，游览诺顿·康耶斯老宅，听别人说有个精神不正常的女人曾被囚禁在那所宅子的阁楼上，所以那里也叫"疯玛丽之屋"。这个女人的故事给了夏洛蒂灵感，使她创造了伯莎·梅森这个人物，大家认为她精神不正常，所以把她囚禁了起来。

《小妇人》

路易莎·奥尔科特

—

1868

《小妇人》甫一问世就成为畅销书，收获好评如潮。但路易莎·奥尔科特之前根本没想过写这本书，是被出版商多次催促，推托不下才动的笔。出版商托马斯·奈尔斯觉得，针对女性读者的书比较少，于是想出一本专门写女人的书来吸引她们。奥尔科特拒绝了他的要求，说她想继续写短篇小说。尼尔斯说可以帮奥尔科特的父亲出书。她父亲是个声望卓著的思想家，但出版的著作一直不怎么成功。面对这个条件，奥尔科特让步了。一个月以后，她给尼尔斯送去十二章。两人都觉得这些文字还差点味道，也缺主旨和内涵，但他们征求了某些女性读者的反馈，所有人都表示很感兴趣，想读接下来的内容。于是奥尔科特只用了十个星期，就从头到尾写完了这本书，写的时候她总是从自己的生活中汲取灵感去创造人物。

四个姐妹的原型全来自奥尔科特的家庭：乔就是她自己，贝思是她的妹妹利齐，也在贫困的家庭感染了猩红热；梅格是妹妹安娜，她的婚礼和小说中那场很像；艾米则是妹妹梅伊，一位旅居欧洲的艺术家。真实情况中她的家庭经济条件也与书中类似，奥尔科特的父亲不愿意多领酬劳，认为这样就偏离了他的社会主义意识形态，所以经常让家里人食不果腹。也是因为这样的生活现实，奥尔科特才开始写作。《小妇人》出版后，她迎来了事业的腾飞。

> 奥尔科特只用了十个星期，就从头到尾写完了这本书，写的时候她总是从自己的生活中汲取灵感去创造人物。

《鲜花圣母》

让·热内

—

1943

让·热内才七个月的时候就被父母遗弃。在童年的不同节点，他住过两个不同的寄养家庭。第二个家庭促使热内在年少时做了小偷，流浪在外，违法犯罪。年仅十五岁时，热内就进了梅特莱劳改农场。被释放之后，他在法国外籍军团短暂服役，却因为有同性恋行为被开除军籍，旋即回归到偷窃和卖淫的生活。

从那时候起，热内就开始在监狱进进出出，最后被判终生监禁，好在免除了死刑。让·科特托、巴勃罗·毕加索、让-保罗·萨特[1]和其他文艺界人士联名向法国总统樊尚·奥里奥尔请愿，要求他延缓行刑，因为热内在狱中写下的小说《鲜花圣母》让他们拍案叫绝。热内的手稿最初写在用来做口袋的牛皮纸上，结果被狱警没收烧掉了。不过他没费什么力气就重新写了一份，因为大部分内容都取材于真实的生活经历。这本书甚至就是以一个在监狱里杳度漫漫时光的人的视角展开叙述的，他极尽详细生动地讲黄色故事，好让自己自慰得更尽兴些。书中的大多数人物灵感都来源于热内在作奸犯科的岁月里遇到的浪荡子，其中有很多都是同性恋且性欲旺盛。和这些浪荡子在一起，热内对社会道德进行了重新评判，对所谓的道德规范十分厌恶，他认为背叛是美德，谋杀都是出于性。因此，这部小说也对"垮掉的一代"产生了广泛的影响。书中详细描述的性自由和那些自指性的语言，成为一辈又一辈作家推崇的范本。

> 热内的手稿最初写在用来做口袋的牛皮纸上，结果被狱警没收烧掉了。不过他没费什么力气就重新写了一份，因为大部分内容都取材于真实的生活经历。

---

[1]　这三个人分别是法国著名诗人、西班牙著名画家和法国著名哲学家。

《风暴突击者》

安东尼·赫洛维兹

—

2000

"在我的成长过程中，007 电影是生活的重要内容，"有人问安东尼·赫洛维兹写《风暴突击者》的灵感来自何处，他如是说，"我热爱这些电影，它们给我很大影响。阿里克斯·莱德这个人物之所以产生，就是后来我觉得 007 电影的魔力消失了，对我再也没有吸引力了。我觉得原因之一是邦德太老了。于是我就想，有没有可能通过一个十四岁的孩子，来重现早期的那些电影呢？换句话说，回溯十四岁的自己看那些电影的样子，再重温一遍。那就是我的灵感。"

《豺狼的日子》

弗雷德里克·福赛斯

—

1971

弗雷德里克·福赛斯在西非做了三年的自由记者，报道比夫拉战争。回到法国后，福赛斯觉得把他在西非的所见所闻写成一本书倒不错。于是1969年,《比夫拉的故事:一个非洲传奇的诞生》(*The Biafra Story: The Making of an African Legend*)出版了,但销量十分惨淡,福赛斯无工可做,一贫如洗。

"我算是有点贪财的,写文章就是为了钱。"2010年福赛斯接受采访时说,"我没有一定要写作的迫切需求。如果有人说,'你有生之年再也写不出一个字的小说',这对我来说根本没什么。"一开始写这部小说本来就是"一次性"的行为,只想帮自己"还清债务"。这也就是后来的政治惊悚小说《豺狼的日子》,由此福赛斯又写了一系列的惊悚小说,功成名就。《豺狼的日子》的成功,部分应该归于他做调查记者的经历:他会经常和法国总统夏尔·戴高乐的保镖来往,甚至还在戴高乐遇刺现场进行了报道。

《麦琪的礼物》

欧·亨利

一

1905

威廉·波特(他更广为人知的名字是欧·亨利)独自坐在纽约的皮特酒馆,疯狂地写了几个小时,因为《纽约周日世界》(*New York Sunday World Magazine*)杂志编辑给他的截稿日期就要到了。他已经是位著名作家了,但这几个小时里他写下的东西即将成为最伟大的爱情故事之一,流芳百世。

《麦琪的礼物》结尾处略带讽刺的反转符合亨利一向的写作风格，而这个爱情故事本身很可能是取材于他自己的生活经历。他深爱自己的妻子阿瑟尔，两人结合于年少微时。亨利做银行家的时候，被控挪用公款，丢了工作，他在出庭受审的前一天逃往洪都拉斯。在那里，美国就没法引渡他。亨利计划让阿瑟尔先去得州的娘家住一段，再去洪都拉斯找他。但阿瑟尔得了肺结核一病不起，无法前去。亨利很清楚，回去就意味着要面对法律的严惩，很可能要坐牢，但还是毅然回美国去见妻子。他一直陪她走到生命终点，之后坐牢三年。

《最后的独角兽》

彼得·S. 毕格

—

1968

2014 年一场《最后的独角兽》改编电影的放映会之后，有人问彼得·S. 毕格，写作这本书的动力是什么。他回答："总有人问我灵感来自哪里，我总会说，跟灵感没关系，写作总是与绝望有关。我说过，我从来不做计划。那年夏天我在马萨诸塞州一间小屋里度过，同住的还有三个我交往最久的老朋友中的一个……菲尔一直是画家，就像我一直是作家一样。他有很多想画的画，而我已经出了一本书了，另一本书被出版商退了稿，所以我算是有点茫然吧。我不知道自己以后要做什么，所以我们开着小摩托去了马萨诸塞州的柴郡。菲尔每天都会骑着摩托去某个地方，画一幅很大的风景画。画布真的比他人还大。我呢，就待在小屋里，不知道自己到底要干些什么鬼。菲尔回来的时候，画布上总会画点新的东西，我也希望自己能写出点东西让他看看。开始的好几次感觉都不对，之后我写下了这样一个开头，'在遥远的淡紫色森林里，住着一只孤独的独角兽。'好，然后呢？然后就想不出来了。不过，等菲尔带着又添了新内容的画布回来时，我还是写了几页出来。我们几年前说起此事……他对我说，'我真是很讨厌那儿的风景。我本来一个星期之内就要放弃的，但是你还在小屋里写书呢'。所以，事情的来龙去脉就是这样，跟灵感没什么关系，跟逞强炫耀有很大关系。"

《魔戒：魔戒现身》

J.R.R. 托尔金

—

1954

关于托尔金的《魔戒：魔戒现身》，最显而易见也是最重要的灵感来自天主教教义。他本人也把这本书说成"根本上的宗教和天主教作品，一开始是无意识地这样去写，但修订本就是有意去体现这个主题了"。善与恶的较量、复活、自我牺牲、救赎、仁慈与死亡，所有这些都有力地支撑了托尔金所言，当然还有一些不那么明显的细节也是相关证据，比如整个故事的背景，就是只信上帝这一个救世主。

托尔金专门参考了北欧的一些资料，特别是他在伯明翰爱德华国王学校求学时阅读的一些文学作品。他笔下的那些精灵和侏儒源自《散文埃达》和《老埃达经》[1]，而托尔金也正是由此想到侏儒先于人诞生。冰岛的《沃尔松格传说》启发他创造出了至尊魔戒，而甘道夫这个形象灵感来源于奥丁，挪威神话传说中一位漫游天地、宣扬洞察力、弘扬公平的神。最后，凯萨督姆之桥倾塌和炎魔在莫利亚了结性命这些情节也可以追溯到挪威神话里仙宫彩虹桥的毁灭，以及火巨人苏尔特的死亡。

托尔金的文字中还有古典与中世纪英语文学的影子，特别是《贝奥武夫》。阿拉贡的性格特征与贝奥武夫有很多相似之处，两人都怀揣同胞福祉，获取王位只是想为天下先；两人都是武艺高超的斗士，也都身世复杂。托尔金还从中世纪英语诗歌《珍珠》中汲取了灵感，这首诗的作者描述了自己失去女儿的经历，它对《魔戒现身》最显著的影响是什么呢？就是书中人物把所爱之人称为"我的宝贝"（My Precious）。

---

[1] 两者都是冰岛流传下来的古代神话与英雄传奇作品。《老埃达经》又称《诗体埃达》。

《局外人》

阿尔贝·加缪

—

1942

1942 年，盟军在中途岛击败了日军，英军首次将战火引向德国本土。阿尔贝·加缪在自己的小说处女作《局外人》中传达了一种被战争所塑造的心理状态。这本书的主角是默尔索，小说一开篇就说他的母亲去世了。他没有表现出任何痛苦或悲伤。事实上，他没有显露任何有人性的情绪。最终，他因为杀人被捕，受审时又丝毫没有悔过之情，被判公开砍头处死。他拒绝了皈依上帝的机会，接受了自己的命运。他觉得在世界这个大阴谋之下，他个人的生命并没有什么意义。

默尔索没有悔过的能力，认为一切都没有意义，这代表了小说出版时流行在很多知识分子中的哲学，也就是今天我们所说的荒诞主义运动。二战的炮火中，纳粹铁骑让欧洲大陆千疮百孔，数百万无辜平民惨遭杀害，很多人都觉得生命毫无意义。包括加缪在内的很多人都觉得，这样的生活根本不可能继续下去。他开始赞同生活无意义、无目的这样的观点，觉得除了我们自己的行为之外，没有任何东西可以引领我们的生活。默尔索对人间琐事的冷漠，恰恰表现了这种观念。

《绿野仙踪》

弗兰克·鲍姆

—

1900

用 L. 弗兰克·鲍姆的话说："(《绿野仙踪》) 所追求的是要成为一部现代化的童话，里面保留了令人惊叹的奇观与愉悦，而没有心痛与噩梦。"尽管这部小说的目标是要在不引发孩子们噩梦的前提下吸引他们，但书中某些内容的灵感恰恰就来源于鲍姆小时候做的一些噩梦。稻草人就是其中之一。可怜的小鲍姆睡觉时，总是梦到那个稻草人的原型在田野上追逐自己，就在它要掐死咱们这位未来作家时，又突然粉身碎骨。这个人物不断演变，当它成为书中四大主角时，已经是个温柔很多的版本了。

而铁皮人的原型就没有这么凶恶了，它来源于鲍姆为一家百货公司设计的橱窗模特。他总是对店铺橱窗后面的场景深深着迷，成功从以往所见汲取灵感，创造了一个和书中的铁皮人十分相像的模特，它有个漏斗一样的帽子和其他装备。亨利叔叔取材于他"不善言谈却工作勤奋"的岳父，女巫们的灵感则来自于他那个喜欢研究女巫故事的岳母。"多萝西"这个女主角的名字来自他妻子那个夭折在襁褓中的侄女。

鲍姆对西方文化的幻灭催生了书中的翡翠城，因为两者的前提都是那些暴富者毫无依据的信口开河。不过，翡翠城那些具体特点

（比如大城堡和黄砖路）的灵感来源就找不到准确答案了。有些人说城堡的原型是密歇根州荷兰小镇的一座建筑，鲍姆经常去那座小镇避暑。同样，很多人也认为，黄砖路的原型是纽约州皮克斯吉尔镇一条用黄色砖块铺成的道路，鲍姆在那里上过军校。据推测，澳大利亚也可能是灵感来源之一，这本书出版时，那里还是一片充满迷人魔力的新大陆。可以肯定的一点是，"奥兹国"（Oz）这个名字来源于鲍姆档案柜中以字母顺序来分类材料的抽屉，其中一个抽屉上写的是"O-Z"。这是作者本人在接受《出版人周刊》采访时亲口说的。

尽管这部小说的目标是要在不引发孩子们噩梦的前提下吸引他们，但书中某些内容的灵感恰恰就来源于鲍姆小时候做的一些噩梦。

　　尽管书中充满了天马行空的奇思妙想，鲍姆仍然希望这个故事能接地气，让人产生亲切感。在阅读刘易斯·卡罗尔的《爱丽丝漫游仙境》时，他觉得这样的特质非常重要。鲍姆担心孩子们可能很难将自己带入这样一个故事，但又希望孩童模样的主人公能帮助他们进行想象。他还在书中写了真实存在的地方，比如堪萨斯，也是出于同样的原因。他认为，在真实世界的背景下，一本书中的幻想能更深入人心。

《瓦尔登湖》

亨利·大卫·梭罗

—

1854

　　"我步入丛林，因为我希望生活有意义，"梭罗说起自己对《瓦尔登湖》里描述的那种生活的向往，"只面对人生最本质的事实，看看是否能学到生活的教义，以免到临死时，才发现自己从未活过。活着是如此的珍贵，我不想过无谓的生活，除非万不得已，我不愿隐逸无为。我想要活得深刻，汲取生命所有的精髓，活得坚毅强壮，像斯巴达勇士那样，把一切无谓的东西打倒，把生活切割出宽阔的一片，再细细地修剪，把它压缩到一个角落里，只给最低限度的条件。如果这样的生活被证明卑微，那么我就能认识到整个卑微的真谛，把这卑微之处公之于世；如果这是崇高的，那就用切身的经历去认识。这样在我下次的远游中，就能做出准确真实的叙述。"

《野兽国》

莫里斯·桑达克

1963

莫里斯·桑达克准备写第二本书的时候，突然沮丧地发现，自己没法准确地画出一匹马。因此，他决定不予采纳原来的书名《野马之地》，改成《野兽之地》。这是他的编辑出的主意，书名中的"野兽（wild things）"来自意第绪语中的"vilde chaya"，意思是"熊孩子"。最终的书名是《野兽国》，里面没有画马，而是以讽刺漫画的手法画了作者本人的一些亲戚。

桑达克出身犹太家庭。在纳粹入侵东欧之前，他们一家人从波兰移民到纽约的布鲁克林。他的成长过程中，亲戚们每周都要来家里做客，令他十分厌恶。每到这个时候他就画亲戚们的讽刺漫画来打发时间。这些讽刺漫画后来都成了他这本著名绘本中的野兽形象。"他们带着口臭俯身看着你，"他说，"捏你，捶你，眼睛里布满血丝，牙齿又大又黄。啊！太可怕啦，太可怕啦。"

> 他的成长过程中，亲戚们每周都要来家里做客，令他十分厌恶。每到这个时候他就画亲戚们的讽刺漫画来打发时间。

《盖普眼中的世界》

约翰·欧文

—

1978

《盖普眼中的世界》出版后畅销多年。这本书最初的想法其实来源于成书多年前约翰·欧文给母亲下的最后通牒。欧文是个私生子，从小就只有妈妈，一直不知道自己的亲生父亲是谁。他急切地想要寻找一切关于父亲的信息，于是给母亲提出一个条件：要么告诉他一些关于亲生父亲的信息，要么就冒风险让他写本书，在这个问题上进行创造性的自由发挥。母亲对他这个想法根本不以为意，回答说："随便你啊，亲爱的。"

《地狱一季》

阿尔蒂尔·兰波

—

1873

1873年，《地狱一季》出版。这年以后，阿尔蒂尔·兰波再也没有发表任何诗作。兰波这部诗作成为后来超现实主义运动的主要影响因素，向读者表现了一个人性格中不同的两面。他写这部诗作时，人生正经历多事之秋，他和诗人保尔·魏尔伦陷入同性恋情，最终魏尔伦拿左轮手枪对兰波开枪，被判两年监禁。虽然兰波自己并未发表过任何相关言论，外界普遍认为这段恋情对他的写作有所影响，特别是《谵妄1：疯狂的童贞女》中的两个人物。这段关系短期内可能的确给了他创作灵感，但长期来说，却是摧毁他职业生涯的罪魁祸首。由于兰波的性倾向，《地狱一季》销量惨淡，这让他最终烧毁手稿，封笔不再写诗。

《第二十二条军规》

约瑟夫·海勒

–

1961

《第二十二条军规》大概是 20 世纪最伟大的反战小说。其起源可以追溯到某个时期，当时的文学界十分陈腐，而又万分渴望出现新东西来打破这种陈腐。不过，在如此急迫的情况下，约瑟夫·海勒其实是在两个朋友互相矛盾的心态与思想碰撞中，才没有彻底放弃写作的。一名英国记者引用了海勒的原话："我和两个朋友聊天，有了灵感。两个人都在战争中受过伤，其中一个伤得很严重。一个朋友将其在战争中的经历讲得妙趣横生；但另一个却不明白，战争的恐惧怎么可能跟幽默扯上什么关系。他们彼此都理解不了，我就努力把一个人的观点解释给另一个听。后者承认，的确从古至今都有很多关于墓地坟场的幽默，但他无法将这种幽默与自己在战争中的所见所闻联系在一起。这场讨论之后，我心里就有了《第二十二条军规》的开头和其中的很多片段。"

关于行文中那些充满想象的情节，海勒说："我感觉各种各样的想法就飘荡在周围的空气中，是它们选中了我来落脚。是那些想法来找到我，不是我自主产生的。我做着有所节制的白日梦，进行有方向的遐想，就在这个过程中，它们来了。这个和我写广告文案（我写了好多年）时遵从的原则有关。写文案有各种各样的限制，但这种限制却极大地刺激了想象力。T. S. 艾略特写过一篇文章，颂扬写作的原则。他宣称如果强迫谁必须在某种框架下写作，那么想象力就会在承受最大压力的情况下，生产出最丰富的想法。然而，如果完全自由没有拘束的话，作品很有可能变成肆无忌惮的裹脚布。"海勒写出《第二十二条军规》第一句话的那个时刻就是这样，那之后这本书的很多关键内容在他脑中有了清晰的形状。"当时我还没想出约塞连这个名字。牧师也并不一定是个随军牧师，他可能是个监狱里的牧师。但开头那句话一写出来，这本书就很清晰地在我头脑中成型了，甚至包括很多细节……整体的氛围、形式、很多人物，甚至包括一些我最后没用上的人。这一切都是在一个半小时之内发生的。我特别激动，就做了听起来非常老套的事情：从床上跳起来，来回踱步。那天早上我去了自己正在工作的广告公司，手写了

> "这一切都是在一个半小时之内发生的。我特别激动，就做了听起来非常老套的事情：从床上跳起来，来回踱步。"

第一章。那周周末之前，我把这些内容打印出来，寄给我的文学代理坎迪达·多纳迪奥。一年后，经过精心的规划，我才开始写第二章。"

《银河系搭车客指南》

道格拉斯·亚当斯

1981

"在因斯布鲁克[1]，我变得既狂躁又抑郁，"道格拉斯·亚当斯给《欧洲搭车客指南》（*Hitch-hiker's Guide to Europe*）的作者肯·威尔士写信说，"星空当头，我觉得应该有人写一本《银河系搭车客指南》，因为那里的风景看上去比我这边好多了。" 这本书的灵感产生于他在因斯布鲁克醉酒之后，那是在他一路搭车环游欧洲，抽时间躺在一片田野中眺望星空的间隙。

> 这本书的灵感产生于他在因斯布鲁克醉酒之后，那是在他一路搭车环游欧洲，抽时间躺在一片田野中眺望星空的间隙。

这部小说开始成型可以追溯到1978年，即亚当斯去因斯布鲁克后的第七年。当时英国广播公司（BBC）有个广播剧叫《地球末日》（*The Ends of the Earth*）。整个广播剧的概念很简单：一个外星人在地球上四处探索，想写本书，书名就叫《银河系搭车客指南》。

---

[1]　奥地利西部城市。

每一集的结尾，地球都以某种独特的方式毁灭，也是同样的结尾把互相独立的剧集贯穿在一起。出版商注意到这个节目，说想把这些变成一本书。BBC 一开始对这个想法并不感冒，还写信说："根据我们的经验，电台节目改编的书和录音材料都卖得不好。"但 BBC 最终还是让了步。我们今天看到的《银河系搭车客指南》就这样横空出世。

亚当斯在行文中写了一些只有自己人才看得懂的幽默，最著名的就是"搭车客去哪里都必然带着毛巾"。他描述了和朋友一起去希腊度假的经历："每天早上他们都要坐下等我，因为我找不到自己的幸运毛巾……我觉得，那种活得很振作、很有条有理的人，一定总是知道自己的毛巾在哪里的。"

《波特诺伊的怨诉》

菲利普·罗斯

一

1969

时事讽刺滑稽剧《哦！加尔各答》在非百老汇的剧场首次公演时，开演前本来是要放一张幻灯片，来一段菲利普·罗斯写的讽刺独白的。开场前，幻灯片报废了，但罗斯没有让他的文字报废。他把其中关于自慰的内容摘选出来，开始围绕这个构思一部小说。他写了名为"打飞机"的一章，卖给了文学刊物《党派评论》，后来他写的整本小说也都发表在这个刊物上。一开始进展比较慢，因为罗斯得知，前妻将拿到这本书一半的版税，此事让他文思不畅。1968年，前妻去世，他的毛病好像才终于好了。从那以后，这本最终名为《波特诺伊的怨诉》的小说就很流畅地写出来了。

《毒木圣经》

芭芭拉·金索沃

–

1998

"这个故事来自我对政治与罪责长时间的痴迷，"芭芭拉·金索沃说，"而且我认为，1961年刚果的遭遇是这个世纪最重要的政治喻言。这个故事我构思了很久，从20世纪80年代早期读了乔纳森·惠特尼的《无尽的敌人》之后就有设想了。那本书是很优秀的非虚构作品，对那段历史有详细的描述。我自己心里是这么来构建整个故事的：几乎每个工业国家都是通过肮脏下作的手段达到今日的繁荣昌盛的，它们从一些多灾多难之地榨取财富，不管是茶叶还是钻石和廉价劳动力，甚至是奴隶。活到今天的大多数人都没有参与到那个决策过程中，但我们的确从那段历史中获得了实质性的利益。如果我们思考这个问题，会有什么想法和观点呢？英国的后殖民文学有着悠久的传统，但在美国，我们连'后殖民'这个词都不怎么能说出口。我们自己本身就曾是个殖民地；和他们不一样，我们没有过殖民地。但前提是，你要对最初建立在奴隶劳动基础上的农业经济视而不见。中央情报局在各处组织的突然政变，就是为了控制智利铜矿、刚果钴矿等经济利益。我们一直都喜欢把自己想成是全球的大善人。换了谁不是这样呢？否认的确是一条通往救赎的路，但会留下一些漏洞，会有出错的可能性。我热切希望钻进历史当中，去全面研究真相。我想，小说家可以通过这种方法，不昧良心地把钱挣了。所以我决定深入黑暗中心，写写通往救赎的道路。这是一个很大的目标。我等了很多年才开始。我本来想等个一百年的，但也清楚，我在真正睿智到能写这本书时，肯定已经归西了。所以我最好先试试。"

发愿写《毒木圣经》是个很重大的承诺，因为这部小说的很多部分都需要全面翔实的研究调查。芭芭拉·金索沃研究了20世纪中期非洲与刚果的社会和政治气氛，参考了详细描写在那片地区进行传教生活的回忆录。很快，她的研究就发展到亲自深入西非和中非，她希望能去感受只有亲身体验才能获取的文化的细枝末节，也希望自己笔下的美国人物都真实可信，于是"买了三十磅的杂志，包括《生活》《看客》和《周六晚邮报》，都是1958年到1961年期间的"。她用这些杂志来了解20世纪中期美国青少年的主要潮流。

童年时期，金索沃在刚果的一个村庄住过一年，她也从这段经历中汲取了素材。"我父亲做了五十年的医师，"她写道，"他勤勤恳恳地去为那些医疗条件不足的人看病，大半辈子都在肯塔基的农村行医，但偶尔会带着一家人去别的地方住。那些地方都不能称之为'医疗条件不足'。1963 年，我们在刚果的一个村庄度过，那里的大多数村民从来没用过电和自来水，更别说西方的医疗救治了。我当时七岁，父母都不是传教士，但我们遇到一些传教士家庭，他们在很多时候都对我们很慷慨。我和村庄里的孩子们一起玩耍，一起探索丛林，那经历真是永生难忘，不可磨灭。我的父母在工作中表现了很大的勇气，他们牺牲了自己的舒适和安全，帮忙治疗麻风病和天花等病症。但对我来说，那不过就是一次冒险。我是个小孩儿，对当时刚果的大环境只有很粗浅的认识。《毒木圣经》的主要素材都是严肃的成人题材。我写这本书不是因为二年级时那场短暂的冒险，而是因为成年后的我对文化霸权与后殖民时代的历史感兴趣。我必须以成年人的方式去推进这个故事。"

《上帝你在吗？是我，玛格丽特》

朱迪·布鲁姆

—

1970

朱迪·布鲁姆的《上帝你在吗？是我，玛格丽特》是献给她母亲的，为了感谢她把自己带入文学的天地。主人公以她自己的形象为原型。她写道："我一开始写作这个故事，就很放得开，让文字自然而然地流淌而出。我感觉跟玛格丽特是老朋友了。六年级的时候，我万分渴望身体发育得像那些同班同学一样。我努力锻炼，还往内衣里塞东西，撒谎说来例假了。和玛格丽特一样，我和上帝有着非常私密的关系，和普遍意义上的宗教基本无关。上帝是我的朋友，我的知己。但玛格丽特的家庭和我的家庭大不一样，她的故事也都是我想象出来的。玛格丽特给我带来了第一批忠实读者，也带来了数量最多的忠实读者。从这点来说我真是爱她。"

这本书的主要内容当然是取材于布鲁姆个人的经历，但如果清楚地追溯一下它的起源，会发现书名并不是深思熟虑的结果。布鲁姆干脆决定把开篇第一句话用来做书名："上帝你在吗？是我，玛格丽特。"

《变形记》

弗兰兹·卡夫卡

—

1915

"格里高尔·萨姆沙从烦躁不安的梦中醒来，发现他在床上变成了一只巨大的甲虫。"《变形记》的开头被誉为文学史上最精彩的开头之一，而弗兰兹·卡夫卡特别注意不给读者提供太多细节。他甚至不准出版商在封面上放昆虫的图片！也许卡夫卡认为，我们不能完全想象出那个怪物的形象，就能将注意力集中在那个变形的人身上，而不去想象他变形后的样子。

《变形记》中的很多内容，灵感显然来源于卡夫卡自己及家人，特别是他和父亲的关系。卡夫卡的父亲是工人阶级，有一家小商店，他并不爱文学，也不是很赞成儿子在家时总是沉迷于文学。他对儿子经常恶言相向，十分严格，还自相矛盾，这对卡夫卡造成了长久的影响。卡夫卡曾经公开发表了一封给父亲的信，在信中他回忆了小时候哭喊着要喝水，结果父亲特别烦躁，就把他锁在外面的阳台上了。卡夫卡写道："那之后的一段时间，我一直很听话。但这件事给我的内心造成了创伤。要水喝这个举动虽然毫无意义，在我看来也是理所当然的，然而却被拎出去。我无比惊骇，按自己的天性始终想不通这两者的关联。那之后多年，这种想象仍然折磨着我，我总觉得，这个巨人，我的父亲，最高的权威，会在半夜三更无缘无故地走来，一把将我拽出被窝，拎到阳台上。也就是说，在他面前我是如此微不足道。"

卡夫卡笔下的格里高尔·萨姆沙承受的痛苦和代表的形象，很多都源于作家本人的亲身经历。主人公旷日持久地忍受着暴虐的父亲，一开始的害怕出门，整体上的缺乏信心，以及生活境遇，都能在卡夫卡的人生中找到相似之处。萨姆沙就连死都是慢慢死去，让家人如释重负，而不是猝然离世，让他们震惊。这个情节也象征着作家的自卑。萨姆沙在死去的过程中，还是被当成一个负担，这个情节非常明显地说明，卡夫卡在这个主人公身上融会了自己的很多性格特征。

而卡夫卡之所以能开始写这个故事，也是有契机的，虽然这个契机没那么直接。1911 年，父亲叫他帮一位亲戚开家工厂，于是他从大学回家，花了很多时间做这项工作，还牺牲了自己的健康。那之后的一段时间，他都在努力克服自杀的想法，直到 1912 年遇到菲利斯·鲍尔。他们迅速坠入爱河，给未来妻子写的情书让他又找回了写作的步调。同年，他在不到一个月的时间里，就写出了《变形记》。

《惊魂记》

罗伯特·布洛克

1959

　　罗伯特·布洛克是土生土长的威斯康星州密尔沃基人。从杂志撰稿人到严肃小说家过渡的过程中，他从当地最臭名昭著的一个罪犯身上汲取了素材。这个罪犯叫艾德·盖恩，他的部分经历是《惊魂记》中主要角色诺曼·贝茨的灵感来源。当然，作家也不是完全去重现这个现实人物。盖恩常去洗劫公墓，把尸体残骸带回家，用来做成各种各样的小东西，而贝茨只不过（"只不过"？）是有多重人格障碍。布洛克写道："因此，现实情况中的那个杀人犯并非诺曼·贝茨这个人物的原型。艾德·盖恩没有开汽车旅馆，没有杀什么正在冲澡的人，也不热衷于剥皮做标本。他没有把母亲做成标本，把尸体留在屋子里，也没有穿得像个异装癖，或者拥有另一重人格。

这些都是诺曼·贝茨的特点与性格——诺曼·贝茨是我创造出来的，在这之前他并不存在。再说一句，也许是我想多了，可能这就是很少有人能愿意和我一起洗澡的原因。"

先不谈这个故事的原创性，布洛克肯定参考了盖恩和已故母亲的关系。贝茨喝醉酒以后，就会打扮成母亲的样子，感觉自己的罪行要被发现了，就会用她的声音自言自语。而盖恩真的用一个女人的皮做了一套衣服，这样他就能"变成母亲"。两个人也都是伪装成美国中部过平淡日子的普通人，直到一桩谋杀案让他们的行径曝光。

还有人指出，卡尔文·托马斯·贝克也是贝茨这个人物的一个灵感来源。他是《弗兰肯斯坦城堡》（*Castle of Frankenstein*）杂志的出版人，和诺曼·贝茨在外形上很相似，也有一个专横却关系亲密，处处都紧跟他的母亲。奇幻小说作家林伍德·卡特的妻子诺尔·卡特说："我和林伍德在1962年末相遇，1963年结婚，我积极地参与到科幻和奇幻小说的世界中，也熟识了林伍德所有的密友。其中有一位 WOR-TV 电视台的克里斯·施坦恩布鲁内尔，他是很棒的朋友。还有20世纪50年代这个圈子里非常活跃的很多人，他们年纪都比我大。而有一群人随着时间的推移逐渐不怎么露面了，其中就有罗伯特·布洛克。布洛克对卡尔文·托马斯·贝克特别着迷。卡尔文也算圈内人，只是比较边缘，他妈妈总是跟着他一起来。"

《三十九级台阶》

约翰·巴肯

1915

罹患胃溃疡卧床不起期间，约翰·巴肯写下了《三十九级台阶》，这也是他所有作品中最负盛名的小说。巴肯长寿的一生丰富多彩：他做过律师、编辑，还在非洲南部好几个殖民地做过官员。"一战"期间，他为英国撰写战争宣传资料，还做过《泰晤士报》驻法记者，之后才写出了这本代表作。不用说，他当然是有很多经验可以参考的。在这之前，他甚至还尝试过写冒险小说，于 1910 年写下了《祭司王约翰》（*Prester John*）。这段经历帮助他创造了理查德·汉内——他也是巴肯后来很多小说中著名的主人公。这个人物的原型是他的朋友埃德蒙德·艾伦赛德，他是英军的高级军官，曾受命去非洲南部做德军间谍，在那里遇到了巴肯。

> "那里有通往海滩的木制台阶。我妹妹当时大概六岁，才刚刚会数数。她走下台阶，欢欣雀跃地说，'一共有三十九级台阶'。"

小说的书名则来源于一个奇异得多的事件。巴肯的儿子威廉写了父亲治疗胃溃疡的那个疗养院。"那里有通往海滩的木制台阶。我妹妹当时大概六岁，才刚刚会数数。她走下台阶，欢欣雀跃地说，'一共有三十九级台阶'。"

这部小说当然是他最著名的作品，但没有立刻开启他的写作生涯。续集《绿斗篷》（*Greenmantle*）出版后不久，他就在英国参了军，没有当作家，而是先做了少尉、演讲撰稿人、比弗布鲁克爵士的新闻官和一家战争主题月刊的出版人，之后才写了其他作品。其实，《三十九级台阶》这部作品可能都不是最让他出名的，因为1935年到1940年期间，他还担任了第十五任加拿大总督。当然，喜欢巴肯惊悚小说的读者，都要感谢《三十九级台阶》，这是他小说写作生涯的开端。

《我们现在的生活方式》

安东尼·特罗洛普

—

1875

1873年的大恐慌导致了持续数十年的经济动荡，并暴露了经济领袖们不同层次的腐败与欺诈，西欧是重灾区。危机期间，安东尼·特罗洛普从海外旅行归来，发现围绕经济崩溃揭露的丑闻之多，令人震惊，以至于他想写下一个回应来反映如今新的现实情况。特罗洛普在他创作《我们现在的生活方式》的原因中写道："有某种不正之风，而且是不断攀升的不正之风甚嚣尘上，令人有理由害怕男男女女都受到影响，觉得这种不正之风理所当然。如果这不正之风能声势浩大，也许就不再令人鄙夷厌恶；如果这不正之风能登上大雅之堂，墙上挂满伟人肖像，橱柜里全是华丽宝石，角角落落都装饰着大理石和象牙，在此举办豪华晚宴、进入议会、谈数百万的交易，那么，就没有什么羞耻可言。而如此来宣扬不正之风的人也就不是可鄙的恶棍。就是受到这些想法的怂恿，我在自己的新家坐下来，写了《我们现在的生活方式》。"

《1Q84》

村上春树

—

2009

"我对那次事件依然愤慨难平，"村上春树说，"但我最感兴趣又最感愤怒的是死刑犯林泰男。他在东京地铁毒气事件中杀人最多，一共八个，之后他逃跑了。林泰男加入奥姆真理教时，其实并不是很清楚自己到底加入了一个什么样的组织，在被洗脑之后杀了人。如果考虑到日本的刑罚体系以及那些丧失亲人的家庭的愤怒和痛苦，判死刑是很合理的。但我从根本上反对死刑。法庭对他宣判死刑时，我感到沉重的忧郁。那时候我感觉到一种恐惧，就像被留在月球的另一面，一个平头百姓在不知不觉的情况下犯下重罪，还被判了死刑。对于这其中的意味，我思考了多年。这就是本书故事的出发点。"村上说的是《1Q84》最初所受的影响，也就是 1995 年东京地铁恐怖袭击事件。此前，他采访了该事件的好些幸存者，把结果发表在纪实作品《地下》中。发起那次袭击的奥姆真理教笃信世界末日即将来临，这很可能是书中邪教的原型。

村上透露说，自己"一直以来，都想写一部年代设定在不久以前的小说，致敬乔治·奥威尔的未来主义小说《1984》"，这也解释了《1Q84》所受的另一个重大影响。再想想"Q"其实和日语里的"9"这个数字同音异义，影响就更为明显了。他从中汲取灵感是说得通的。村上是通过阅读西方作家的作品来培养文学品味的，比如狄更斯、卡波特、菲茨杰拉德、冯内古特和陀思妥耶夫斯基。其实，《1Q84》刚开始的时候，他一直觉得找不到感觉，直到他决定用英语写开头，写完了再翻译成日语。有人问他有没有感觉与奥威尔心意相通，他回答："我们俩可能都是反对体制的。乔治·奥威尔是记者，也是虚构作家。我怕是百分之百的虚构作家……我不想写新闻，而想写好故事。我觉得自己是个关心政治的人，但不会把我的政治理念传达给任何人。"

> "我不想写新闻。我想写好故事。我觉得自己是个关心政治的人，但不会把我的政治理念传达给任何人。"

村上专门提到《1984》，"很多写不久后将来的小说都很无聊。总是黑暗阴郁，总是淫雨霏霏，人们都那么不开心。我喜欢科马克·麦卡锡写的《路》[1]，写得很好……但还是很无聊。它的基调很黑暗，是个人吃人的世界……乔治·奥威尔的《1984》写的是不久

---

[1] 见本书 117 页。——编者注

后的将来，但我写的是不久前的过去。我们从相反的方向去写同一个年份。如果是不久前的过去，那就不会无聊了"。

《秘密特工》

约瑟夫·康拉德

—

1907

"我想，《秘密特工》的起源，也就是主题、写法、艺术目标等一切能让作家提笔创作的动力，都可以追溯到某一段时间心理和情绪上的反应，"约瑟夫·康拉德写道，"事实是，我很冲动地开始写这本书，然后不停地写。这本书恰逢其时地出版了，交给公众去品评。结果我发现自己因为写出了这么一本书而饱受谴责。有些警告很严厉，有些也深表遗憾。我手头倒是没有这些批评的原话，但对大致的观点记忆犹新。观点很简单，我对这些观点本源的惊讶也很简单。现在说起这一切，都仿佛是非常久远的故事了！但其实就发生在不久以前。我不得不说，1907年，我内心还大量留存着那种原始的天真。现在再回头去看，就算是最单纯的人也能预见到那本书会遭遇到的批评，因为故事里写到了环境的污秽与道德的败坏。"

在文学评论界大获成功的《秘密特工》，刚上市的时候销量却欠佳。很多人表示，不购买的首要原因是这本书的主题实在太欠妥了。

书里引起最大共鸣的是恐怖主义。"9·11"事件以后的数周内，美国媒体经常引用小说里的话，专炸大学及航空部门的"炸弹怪客"泰德·卡克辛斯基（Ted Kaczynski）也将此书奉为圭臬，他声称，自己与书中的"教授"这个角色有很大关系。

对于康拉德来说，写《秘密特工》是为了回答"接下来会发生什么"这个问题。他写道："我花了两年时间，密集地沉浸在写作中，写了偏门小说《诺斯特罗莫》（*Nostromo*），书里有着遥远的拉丁美洲气息。还写了与个人经历深切相关的《海之镜》（*Mirror of the Sea*）。紧接着就开始了《秘密特工》的写作。《诺斯特罗莫》是非常考验创造力的，我想拉美会永远是我最大的'画布'。《海之镜》则是没有节制地天马行空，花一段时间去揭露对我小半生有决定作用的那些影响，和大海之间有什么更深层的紧密关系。那段时间，我对事物真相的感知也深受想象与情绪意愿的强烈影响。所以，尽管一切都忠于事实，我仍然（在任务完成的时候）感觉自己被什么东西抛在了后面，只剩下一些感觉的空壳，茫然无措，在充斥着各种低级价值的世界里迷失了。我也不知道自己是不是真的感觉需要改变，改变想象，改变视野，改变心理态度。其实我认为，基本情绪的改变已经在不知不觉中袭来，将我控制住。我不记得那时候发生过什么很让人笃定的事情。《海之镜》写完了，我完全清楚，这本书的每一行字都是我真心实意要写给自己和读者的，所以就放任自己暂停一下，并不是不开心。接着，我还是照常地活着，一点也没想过要另辟蹊径去寻找什么丑恶肮脏的东西。然后《秘密特工》这个故事主题就突然浮现了，形式是在一场轻松休闲的谈话中，一个朋友随口说出的几个字，他讲的是无政府主义，或者说是无政府主义的行动，具体是怎么起的话头，我现在已经记不得了。"

小说本身的大部分内容，灵感源于 1894 年格林尼治爆炸案。史蒂夫这个人物的原型就是马歇尔·波登，爆炸计划的实施者。由于携带的爆炸物过早地引爆了，他被炸死，所以发动攻击的动机从此成谜。关于这个话题，康拉德写道："现在，讨论到具体事件时，我们会回忆起企图炸毁格林尼治天文台的事情，那已经很久远了。那是一件很愚蠢的事情，即使血迹斑斑也空虚无聊，所以不可能通过任何合理或不合理的思考过程来参透其缘起。因为非理性行动通常有自己独特的逻辑过程。但那样的暴行不可能以任何正常的心理状态去解释，所以还是要面对这个事实：一个人被炸得粉身碎骨，却什么也没有达成，甚至都不能表达任何观点，不管是非政府主义还是别的什么。天文台的外墙连一点点裂痕都没有……这本书写的就是那个故事，但把它简化到了一个可控的范围内，全过程都取材于格林尼治公园爆炸案，并且围绕这种荒谬的残酷来展开。"

> "这本书写的就是那个故事，但把它简化到了一个可控的范围内，全过程都取材于格林威治公园爆炸案，并且围绕这种荒谬的残酷来展开。"

《安德的游戏》

奥森·斯科特·卡德

—

1985

"我十六岁的时候，脑子里就有了战斗室的雏形，"奥森·斯科特·卡德写道，"我的准嫂子罗拉·迪恩·洛（她很快跟我哥哥比尔结了婚）叫我读阿西莫夫的《基地三部曲》，把我看得神魂颠倒。我发现自己也想要创造一个发生在未来的故事。根据当时对科幻小说的初步理解，我想当然地觉得，科幻小说都是由作家冒出一个关于未来的想法开始的（当然这肯定是写故事的一种办法啦）。关于内战的内容我着迷了很多年，当时我哥哥比尔也在参军（越战正处于高峰期），我就想，未来的军队训练会有什么不同，特别是太空战，需要考虑三个维度的情况。这和飞机的飞行不同，因为在飞行中，为了方便定位，总会有个'向下'的方向。而对于空间和时间里事物的组织，都要重新进行完全不同的思考……所以我就想出了那个战斗室，士兵在里面接受三维战斗的训练。多年后，我想写一个一看就是硬科幻的故事，就回想起当时的想法，但又觉得如果被训练的士兵都是小孩儿，故事的冲击力会增加很多。不过这个想法也来源于显而易见的事实，大多数时候，我们的士兵的确是孩子，或者我们会通过训练把他们变成孩子——我们想让他们完全依赖指挥官去理解现实，就像孩子们完全依赖父母一样。"

《房间》

艾玛·多诺霍

—

2010

"《房间》的灵感是什么呢？母爱带来的震惊。"艾玛·多诺霍写道，"2008年，我听说伊丽莎白·弗莱茨勒和她的孩子们从奥地利地下室逃出来，当时我们的孩子一个四岁，一个两岁。我的第一反应是：她是怎么做到的？在那么一个紧锁的房间里，她是怎么做母亲，而且还做得很好的？但我又转念一想，每个父母和每个孩子难道不会在某些时候觉得，亲子之间亲密的纽带，也有点像一个紧锁的房间吗？"

多诺霍说的是弗莱茨勒案：女儿被父亲囚禁二十四年之久，最后在2008年逃了出来。受害者伊丽莎白·弗莱茨勒遭受了无数次性侵，在囚禁中生下了七个孩子，其中四个一直和她一起被锁在地下室。他们逃出来的时候，名叫菲利克斯的孩子年仅五岁，这就是多诺霍笔下杰克这个人物的灵感来源。"从叙述视角来看，让孩子来讲述是很有帮助的，因为孩子都是小小的外星人，眼里看到的一切都是新鲜的、不合常态的。这部小说真正的技术挑战是让妈妈这个人物通过杰克的视角立起来，成为一个三维立体的人。而杰克的视角又非常有限，不仅因为他年纪小，还因为妈妈经常说一些安慰他的谎言。"

当然,《房间》不是在简单地照搬弗莱茨勒案。小说中被囚禁的只有妈妈和杰克,而真实案件中是伊丽莎白和四个孩子,小说中的施暴者也不是受害者的父亲。就连杰克这个很明显受到菲利克斯启发的人物,其实也要部分归功于多诺霍对很多材料进行的广泛研究。她写道:"当然现实中从来没有杰克这样的孩子,在囚禁中出生,健康状况却很好,居住状况也是有限条件下的最好。所以我必须要研究各种各样我认为可能与他的状况重合的奇怪案例:不仅是绑架的幸存者,还有被单独拘禁或住在母子监狱的囚犯、难民、隐士与神秘主义者。研究那些隐匿和受虐待的孩子真是我给自己派的最令人沮丧的任务,我只希望自己能忘记了解到的那些东西。"

《搏击俱乐部》

查克·帕拉纽克

—

1996

"书店里都是《喜福会》《丫丫姐妹的神圣秘密》和《恋爱编织梦》这样的书。这些小说都提供了一种让女人们在一起的社会模式,但没有一本小说提出让男人们来分享人生的新社会模式。"查克·帕拉纽克写作《搏击俱乐部》的最初灵感是一个观点,他认为男人的生活应该是个人私事。因为当时他参加搏击后留下了瘀青,上班时也没人问他是怎么回事。1995 年，他开始写作这部小说，并实践了一种叫作"危险写作"的技巧，也就是说，利用痛苦的经历为文学灵感服务。他的第一稿最终变成了精彩的《看不见的怪兽》(*Invisible Monsters*)，但当时并未受到出版业的任何关注。他又把故事加以拓展，变成了《搏击俱乐部》，那时它还是一个短篇小说，发表在一个合集中。之后再加以拓展，就成了今天成书于 1996 年的长篇小说《搏击俱乐部》。

《路》

科马克·麦卡锡

—

2006

"嗯，说来有趣，因为你通常不知道一本书是怎么来的，"科马克·麦卡锡说，"反正就在那儿，好像哪里痒痒，又挠不到。大概四年前，我带儿子约翰去了埃尔帕索，住进当地一家老牌酒店。一天晚上，约翰在睡觉，大概是凌晨两三点的样子，我走到窗边望望这个小城。眼前没有任何东西在移动，但能听到火车开过来，声音很寂寥，我眼前就突然浮现出这个小城在五十年或一百年后可能的样子，浮现出山上的火光，一切被夷为废墟。我又想起了自己小小的儿子。于是我就写了好几页的内容。接着，大概四年后，我在爱尔兰突然意识到，那不是某本书的几页，它本身就是一本书，写的是那个男人和那个小男孩的故事。"

有人问他,献给儿子约翰·弗朗西斯·麦卡锡的《路》,是不是在向儿子表达爱意。他给出了肯定的回答:"说出来有点儿尴尬。我想,从某种程度上来说是的。"其实,麦卡锡一开始形成这本书的想法,完全是因为儿子,"不然的话,我甚至想都不会去想要写一个关于父亲和儿子的故事"。

"我眼前就突然浮现出这个小城在五十年或一百年后可能的样子,浮现出山上的火光,一切被夷为废墟;我又想了想自己小小的儿子。"

《卿卿如晤》

C.S. 刘易斯

—

1961

C.S. 刘易斯用笔名 N.W. 克拉克出版了《卿卿如晤》。这本书是他在妻子去世三年后,对自己精神和情绪状态的剖析。妻子去世后,他的生活充斥着不快与悲痛,这甚至影响到了他的精神灵性以及和上帝的关系。他想,上帝怎么能在一个人的韶光年华就如此夺走她的生命,又让另一个人完全沉浸在悲伤之中,感受不到一丁点儿快乐?上帝为什么不能帮助他在充满痛苦与回忆重负的生活中,达成一个正常的状态呢?小说结尾的主要情绪是感恩,感恩能够经历真爱。《卿卿如晤》脱胎于刘易斯在妻子死后记的四本笔记，所以这部作品感情十分坦率真挚。

《少年 Pi 的奇幻漂流》

扬·马特尔

—

2001

"我在看一部巴西小说的评论时，就想到了这本书的背景，"扬·马特尔说，"那本小说的作者叫莫瓦西尔·斯克利亚，我是大概十二年前读的那本书。我突然觉得这个故事背景还不错呢，可以以此为基础写点儿啥。接着我就把这个想法抛诸脑后了。然后，大概七年前，我身在印度，那个国家有很多动物，也有很多宗教。我在那里还觉得有点茫然若失。我当时在想，'我这辈子到底在干什么？写了两本书，但写得都不怎么样'。所以我算是在寻找一个故事，不是那种小故事，而是一个大故事，能够决定我人生导向的故事。就在那里，我想起了那个背景，就说，'天哪，我真的可以写点儿啥。我就在这本书里讲讲自己的故事吧'。突然，一切想法都融会贯通，水到渠成。最让我感到强烈震动的，是一个信仰宗教的男孩（我们不得不说，Pi 在同时进行印度教、伊斯兰教和基督教的活动），和一头野兽一起被困在救生艇上这个想法。我灵光乍现，觉得这简直就是对人类生存状况的完美比喻。人们向往那些高高在上的东西，对吧，比如宗教、正义、民主。然而同时，我们的根又在原始的人性与兽性中。所以，这一切都聚集在一艘救生艇上，我觉得这实在是……一个完美的比喻。"

马特尔参考的那本小说，背景是一个犹太人和一头美洲豹同乘一船，这是对犹太人大屠杀的隐喻。而如上所述，马特尔的隐喻基于 Pi 对三种宗教的实践，更倾向于宗教意味。孤独的老虎便是要揭露这一主旨。当然，写一本要同时表现这么多不同角度的书，需要大量的研究准备。马特尔不得不涉猎了印度教、伊斯兰教、基督教、动物心理学、动物园生物学甚至荒岛求生的故事，才牢牢把控了自己要写的内容。"特别棒，"他说，"一切很好地水到渠成。我觉得这本书的优良品质之一，就是把厚重的研究化为轻巧的内容表现出来。在这本书里面我可没有连篇累牍地去展示各种事实。一切都衔接得很流畅，天衣无缝。"

不过，关于这本书的起源，最奇怪的故事可能集中在老虎的名字（理查德·帕克）上。马特尔写道："有人问过我，为什么我的小说《少年 Pi 的奇幻漂流》中那头老虎叫理查德·帕克。这故事可不是我一拍脑袋随便想出来的。理查德·帕克这个名字，是个三重巧合的结果。1884 年，'木犀草'号游艇从英国的南安普敦出发，前往澳大利亚。游艇上有四个船员。南大西洋风大浪急，大浪一个接一个打在船上。突然间游艇散架，沉没了。船长、大副、水手长和客舱服务员勉强逃上了一架救生筏，但上面没有水也没有给养，只有两罐萝卜罐头。漂流了十九天之后，饥肠辘辘又绝望无比的船长杀死了已经失去意识又没有亲人的客舱服务员，三个还活着的人把他给吃了。那个客舱服务员的名字就叫理查德·帕克。他的命运本身好像也没什么值得注意的。当时海上吃人的现象令人吃惊地普遍。理查德·帕克这个名字（说得准确点，'木犀草'案件）之所以能在历史上流传下来，至少在法律圈中成为一个众所周知的案例，是因为他们回到英国之后，幸存者们（杀掉理查德之后不久，他们就被一艘瑞典船给救了）被起诉犯有谋杀罪。这是前所未有的。在那之前，在生存需要下被迫进行的杀人，通常都被大家默许是有正当理由可以理解的。但'木犀草'案件中，权威部门决定要更进一步审视这个问题。案件一路呈到上议院，首开先例。船长被判谋杀罪成立。直到今天，唯一能被原谅的杀人行为就是自我防卫，任何企图为其他谋杀案辩护的法务团队，都会被法官用'木犀草'案件教育一通。在极端条件下为了继续活下去而进行的故意杀人仍然是非法的（不过犯下这种罪行的人通常判刑较轻）。这就是其中一个理查德·帕克。

　　"五十年前的 1837 年，埃德加·爱伦·坡出版了自己当时唯一的小说，《亚瑟·戈登·皮姆的故事》[1]。他受托写作，很快就没了兴趣，混杂着不情不愿和草率匆忙完成，这可创作不出什么好作品。该书是一部敷衍之作，要不是因为作家名气大，很快就会湮没在文学的长河中。在这个故事里，皮姆和朋友从楠塔基特岛起航，船被风暴掀翻。幸存者们紧紧抓住船体。几天后，饥饿和绝望让皮姆和朋友吃了个人，他的名字就叫理查德·帕克。记住，坡是在'木犀草'号沉没五十年前写的这本书。另外还有 1846 年沉没的船，'弗朗西斯·斯佩特'号。船上有的人死了，有的人吃了人。其中一个受害者就叫理查德·帕克。竟然有这么多遇害的理查德·帕克，这肯定有

---

[1]　见本书 163 页。——编者注

什么深切的意味。我的老虎有名字了，他也是个受害者。嗯，他到底是不是呢？"

《魔法当家》

雷·布拉德伯里

—

1962

雷·布拉德伯里对写作的激情发源于他十二岁那年的一场嘉年华狂欢。他在那里遇见了"雷电先生"，嘉年华巡演的魔术师。正是对方让他初次接触了永生与转世的概念。"雷电先生"声称，布拉德伯里是他一战期间牺牲的一个朋友的转世。这仿佛是一捧想象中的火焰，在布拉德伯里的整个写作生涯中熊熊燃烧。

《魔法当家》的故事发生在格林小镇，这个地方的原型就是布拉德伯里的家乡伊利诺伊州的沃基根，也是他前作《蒲公英酒》的背景地。《蒲公英酒》的故事发生在夏天，这给了布拉德伯里灵感，他将《魔法当家》的时间设定在秋天，因为这本书对他来说意味着某种成熟。这部小说的名字也是取自以前的文学典故，灵感不是他自己的作品，而是莎士比亚写在《麦克白》中的台词，"拇指怦怦动，必有恶人来"。[1]

---

[1] 《魔法当家》的英文原名是"Something Wicked This Way Comes"，是文中所引莎士比亚台词的后半句。译文出自朱生豪先生。

一开始这只是一个短篇小说，布拉德伯里和朋友基恩·凯利想把它推销给电影厂。无人问津之后，布拉德伯里将其改头换面，安上《黑色摩天轮》(*The Black Ferris*)的标题，写成小说，里面的反派是"雷电先生"。他甚至还加入了一些角色，比如骷髅人和文身人，以他在嘉年华上认识的一些人为原型。

《乌洛波洛斯之虫》

伊瑞克·吕克尔·爱迪生

1922

《乌洛波洛斯之虫》大概是伊瑞克·吕克尔·爱迪生最成功的作品，而这要归功于他十岁时的想象。书的主题是中世纪古典文学中的斗争，来自巫师之地的人对阵来自恶魔之国的人。人物的名字比如"传真小妖精法斯(Fax Fay Faz)"，都是十岁的小男孩想出来的，所以都奇奇怪怪的。最初的一些插图出现在他1892年的一本笔记本上，从里面能看出"金蓝科(Goldry Bluszco)"和"冰火拉(La Fireez)"等人物最初的灵感。事实上，笔记本上的画甚至还表现了小说中发生的事件，比如布兰多克·达哈大人挑战克隆德大人，以及加兰达斯被杀等。

小说的主题则脱胎于一个和爱迪生这个旧笔记本截然不同的东西：衔尾蛇的传说。和这条吞咽自己尾巴的蛇一样，这个故事也必然要不断地自我重复。大战结束，各路人物意识到：不战斗他们就没有意义，所以想继续大战，于是上天满足他们的愿望。小说的书名也是来自北欧神话传说中的"乌洛波洛斯"，意即"衔尾蛇"。

《星船伞兵》

罗伯特·海因莱因

1959

《星船伞兵》写于美苏冷战如火如荼之际，罗伯特·海因莱因认为这部作品可能会恰如其分地传递他的政治观点。一开始，这部青少年小说分为两个部分发表在《奇幻与科幻杂志》(*The Magazine of Fanfasy & Science Fiction*)上，没能引起任何出版商的注意。普特南之子出版公司最终买下了书的版权。海因莱因答应他们可以任意修改，要让这本书吸引青少年的同时也能吸引成年人。"让读者来决定谁喜欢这本书吧。"普特南的高级编辑皮特·伊瑟莱尔说。

海因莱因的政治立场并不十分鲜明，因为他经常自相矛盾，观点前后不一。但有一点是清楚的，他认为军队可以在社会中发挥多方面的功能。

一份报纸登出了广告，号召美国暂停核武器试验，罗伯特和妻子建立了"帕特里克·亨利联盟"以回应这个号召。他们希望显示对核武器试验项目的支持，因为夫妻俩认为这样才最有利于国家安全。后来局势逐渐明朗，海因莱因认为必须要澄清某些事情，因为很多朋友同侪都在严厉抨击他对核武器项目的支持。于是他们决定要写《星船伞兵》。海因莱因的政治立场并不十分鲜明，因为他经常自相矛盾，观点前后不一。但有一点是清楚的，他认为军队可以在社会中发挥多方面的功能。在《星船伞兵》中，我们能看到这一点。后来的著作中，海因莱因又向我们展示了个人在军队中可以发挥的不同作用。这些观点也许可以解释，面对自由派疾呼艾森豪威尔总统停止核试验，海因莱因为什么会有那么强烈的反应。

《土生子》

理查·赖特

–

1940

　　"全美国没有哪个黑人，"詹姆斯·鲍德温写道，"在他脑子里没有一个属于自己的比格·托马斯。"比格·托马斯是理查·赖特小说《土生子》中的主人公，他是非裔美籍男孩，贫穷困顿地生活在芝加哥南区。他到一个富有的白人家庭做了仆人，那家都还算是好人，给了他一个房间住。但这种善意让比格感到不舒服，这不是他熟悉的环境和感觉，他不知道该如何回应。一天晚上，他开车接送这家的女儿和她男朋友，然后把喝得醉醺醺的女儿扶进屋里，在安排她在床上躺好之前，比格控制不住地偷吻了她。这家的盲人母亲刚好在那个当口走进房间，比格一时慌乱不已，拿起枕头盖住女孩的脸，让她别出声。等母亲离开房间，女儿已经窒息而死，他只好烧掉尸体，把女孩失踪的责任推到她男朋友身上。在逃期间，他强奸了自己的女朋友，拿一块砖打死了她，把尸体和自己身上所有的钱都扔进一个废弃的通风井里。

《土生子》不是一个凶杀故事。小说想表达的是，比格是生存环境的产物，他贫穷、没有受过教育、有暴力倾向，最重要的是被社会忽略。一开始，白人读者并不喜欢这部小说，里面的字字句句仿佛都在证明他们对非裔美国人的看法。但赖特这部著作的性质颠倒了这个概念，比格如此不习惯白人的善意，这个事实让读者们认识到，那些超出比格控制的社会因素让他的人生起了个坏头。小说结尾，他和曼克斯先生成了朋友，这也在暗示，如果比格有合适的生存环境和基础，是可以受到教化并在为时已晚之前进行自我表达的。黑人作家弗朗茨·法农（Frantz Fanon）在《黑皮肤的事实》（*The Fact of Blackness*）一文中写道："最后，比格·托马斯做出了行动。为了结束自己的紧张，他行动了，他响应了全世界的期待。"

比格·托马斯这个人物的部分灵感来源于杀人犯罗伯特·尼克松——1939 年他因为在洛杉矶和芝加哥犯下的杀人罪而受到惩罚。

尼克松和托马斯一样是个非裔美籍男性，杀人工具是砖头，因此得了个诨名"砖头笨蛋"。媒体展现的尼克松是个非常蠢笨的形象，比如《芝加哥论坛报》（*Chicago Tribune*）的文章标题"砖头杀人狂，一如丛林兽"。文章中称尼克松是人类进化中"迷失的一环"。和托马斯一样，尼克松也因为犯罪而受到惩罚。

小说的书名其实是赖特的朋友尼尔森·奥尔格林想的，他本来想用作自己的书名，后来那本书的名字叫作《穿靴人》（*Somebody in Boots*）。奥尔格林给赖特提了这个书名，赖特非常平易近人地接受了。

《人性的枷锁》

威廉·萨默塞特·毛姆
—
1915

"这是一部小说，不是一部自传，尽管里面很多内容从本质上来说都是自传性的，但更多的内容是纯粹的杜撰。"威廉·萨默塞特·毛姆说。他用自己生命中经历的点滴，创造了本书主人公菲利普·凯瑞。母亲患肺结核去世以后，毛姆住进了伯父伯母家，在那里与文学和艺术有了亲密接触。他的私人收藏里面甚至有莫奈、雷诺阿、毕沙罗和希思黎的作品。这些画家的名字都在小说中出现了。毛姆并不像菲利普一样是个跛子，但由于在坎特伯雷国王学校求学时饱受欺凌，他得了口吃的毛病。所以他做不了牧师，只好转而研究医学，就像菲利普一样。

《人性的枷锁》这个书名来自斯宾诺莎《伦理学》的第四部分，题为"论人性的枷锁或情感的力量"。斯宾诺莎以某种特定欲望的目标和意图来定义完美；当然，凯瑞也是在最终意识到自己曾经的目标之后感到心满意足的。毛姆在小说序言中写道："人无力去管理或控制情绪的这种虚弱，我称之为'枷锁'，被情绪所左右的人，无法做自己的主宰……所以，尽管眼前看到善，他依然被迫去追随恶。"

《局外人》

S.E. 辛顿

—

1967

S.E. 辛顿很不欣赏 20 世纪 60 年代的文学，认为它不能让年轻人产生共鸣，所以干脆自己动手。她解释说："我一直想读那种让十几岁的孩子们知道这世界除了'玛丽去舞会'之外还有别样生活的书。我没找到这样的书，就决定自己写一本。我创造了一个没有权威成人人物的世界，孩子们都按照自己的规矩活着。"十五岁的她开始努力写这本书，以高中的敌对学生帮派为灵感，创造出《局外人》中的"野小子"和"瑟克帮"。书中的帮派势不两立，每天早上到学校时都要从不同的门进去。不过，辛顿说，写这本书"整体来说挺难的"。她决定以一个"油头帮"成员的视角来讲述这个故事，并不是想贬低"瑟克帮"，而是想让阶层更低的人物更生动活泼一些。

另外，以男性视角来讲故事也是辛顿经过深思熟虑的。她写道："一开始，我写男性角色，只是因为这是最容易的。我是个假小子，大多数最亲密的朋友都是男孩，而且我觉得，不会有人相信一个女孩会对我书中描写的主题有所了解。后来，我一直写男性角色，原因有三：第一，为男孩写的书比较少；第二，女孩会读男孩的书，男孩一般不读女孩的书；第三，对我来说这仍然是最容易的写法。"尽管这本书本来就是"为男孩子写的"，辛顿的出版商还是建议她用英文缩写署名，因为他们觉得，男性作家写的小说销量会比较好。

这本书的灵感来源于辛顿在俄克拉何马州塔尔萨的经历，她至今一直定居在这里。书里那所高中、柯蒂斯的家和汽车电影院全都是真实的地点，她在成长过程中常常踏足。就连汽车电影院的争吵也是基于真实的经历。在那里她曾经目睹一对夫妻当着全体观众的面吵架。

辛顿的写作风格衍生于雪莉·杰克逊、查尔斯·狄更斯、威尔·詹姆斯和雷·布拉德伯里等人。这些人写就的伟大文学著作，是她成长过程中的精神给养。写《局外人》之前，她已经写过两部未发表的小说了。其中一部被母亲扔进了垃圾桶，辛顿又去捡了回来。"我写东西的时候，她会走进我房间，抓住我的头发，把我拽到电视前，"辛顿说，"她会说，'你是这个家的人，就要有这个家的样子'。所以我现在很讨厌电视。"辛顿去祖母的农场上避难，在那里和姑姑的马儿玩耍。她年少的梦想并不是获得文学上的成功，而是拥有一匹属于自己的马。"我总是告诉自己，'情况会好起来的'，"她说，"要坚持住。"

《天降美食》

朱迪·巴雷特

1978

"我脑子里冒出一个句子，'亨利走了出去，被一个肉丸砸中了头'，"在一个教室里，孩子们问朱迪·巴雷特是怎么写出《天降美食》的，她这样回答，"我也不知道怎么冒出这么个句子。我完全不知道。我就想，'嗯，这个还挺好玩儿的哦'，然后就开始调皮地想想天气和食物的关系。我很喜欢做文字游戏，所以想出了'豌豆浓雾（汤）'和'草莓塞车（果酱）'，不过没有写进书里。我就

> "我很喜欢做文字游戏，所以想出了'豌豆浓雾（汤）'和'草莓塞车（果酱）'，不过没有写进书里。"

这么开始考虑天气和食物，想着有人预报说'天气多云，可能会下肉丸'，这个……我真不知道是怎么想到的。反正就是一件凑巧又很棒的事情。但我不记得了。还有一件我凑巧遇到的事情是我

妈妈——你们要知道，我吃东西的习惯特别糟糕——她总是担心我吃得不够，或者吃得太快。所以她会喂我吃饭，每喂一勺都会说，'嚼一嚼再咽下去'，这样我就不会狼吞虎咽地吞下去。所以'嚼咽小镇'的名字就是这么来的。"

《屠场》

厄普顿·辛克莱

1906

"我瞄准的是公众的心，却弄得他们胃部翻江倒海。"厄普顿·辛克莱看到大家对自己的小说《屠场》的反响后如是说。辛克莱也许是美国历史上名气最大的丑闻揭发记者，他去芝加哥的几家肉联厂卧底将近两个月，去感受那里的工人受到怎样的利用和对待。一开始，他的目标是写一篇报纸文章，揭露外来移民在工业化城市里受到的虐待。最后的作品除了不是发表在报纸上，其他目的都达到了。《屠场》中表现了恶劣的工作环境，弥漫在全体工人之中的无望，低廉的薪水与漫长的工作时间。杰克·伦敦读过此书之后，称这种情况就是"雇佣奴隶制"，有权有势的人靠暗中剥削贫穷又低薪的工人而变得越来越富有。辛克莱极尽恐怖地描写了工厂那些人污染食物的场景——有些人自己就掉进了绞肉机。公众读来觉得又恶心又着迷。

《苏菲的选择》

威廉·斯泰隆

—

1979

不谈书里的性话题和对宗教的不敬，单从作者威廉·斯泰隆对犹太人大屠杀的表现手法来说，《苏菲的选择》仍然能够引起很大争议。他从非犹太人的角度来看待这场历史事件，想把人们讨论的重点从反犹主义引导到"普遍的恶"这个话题上。他还列举了一个事实，说在这场大屠杀中，遇害者不仅有犹太人，还有其他人，特别是斯拉夫基督徒。欧文·罗森菲尔德（Alvin Rosenfeld）在《威廉·斯泰隆眼中的大屠杀》（*The Holocaust According to Williams Styron*）一文中，表示同意斯泰隆的观点。他写道："1. 斯泰隆承认犹太人在纳粹统治下生不如死，但也坚持要用普遍性、一般性的观点来看待奥斯维辛，那是要谋杀'全人类'或'整个人类大家庭'的地方；2. 和上述观点一致，他觉得自己的角色是要'纠正'大家一直以来的观点，认为大屠杀仅仅只是针对犹太人，他把注意力放在很多基督徒特别是斯拉夫人身上，他们也是在集中营里遇害的；3. 奥斯维辛既反犹太人，又反基督徒，因此，关于大屠杀中基督徒有罪的断言是不恰当的，甚至都没有必要；4. 历史学上解释说，基督教的反犹主义是大屠杀的动因之一，斯泰隆不同意这个观点，比较吸引他的是理查德·鲁宾斯坦等人提出的观点……认为从本质上来说，奥斯维辛既是个灭杀中心，甚至更是个资本奴隶社会；5. 如果和以奥斯维辛为缩影的欧洲式野蛮与奴隶制相比，美国南部对黑人的待遇已经很好了，而且，'……相比之下，更显仁慈'。"

小说的书名也许可以一直追溯到阿尔贝·加缪，他在 1947 年发表文章《人类的危机》，里面描述了人生在世进退两难的四个局面。其中一个写的是一位希腊母亲遭到纳粹强迫，要从三个孩子中选择一个任由他们杀害的故事。

《美国悲剧》

西奥多·德莱塞

—

1925

1905 年，切斯特·吉利特在纽约科特兰叔叔的工厂里找了份工作。他在那里遇到了格蕾丝·布朗，两人很快发生了性关系，布朗怀孕了。布朗一直觉得两人是奔着结婚去的，现在怀了孕，这个愿望就更迫切了。她在家里待了很短的一段时间，又因为强烈的嫉妒回到科特兰，孤注一掷地要得出一个答案。但吉利特一点也不想安定下来。他决定带她去阿迪朗达克山脉旅行，并在那里拿划艇上的网球拍把她打死。他把尸体和自己的帽子留在原地，穿越树林，入住了附近一家旅馆。警方很快抓住了吉利特，给他判了谋杀罪，执行了电椅死刑。这个案子逐渐引起了全国上下的关注，吉利特于 1908

年 3 月 30 日被行刑。

《美国悲剧》的主要人物克莱德·格里菲斯就脱胎自切斯特·吉利特的故事。两人都来自宗教家庭，都在叔叔的工厂里找了工作，都致使工友怀孕，对方也都怀着结婚的期待；两人都在大麋鹿湖上杀掉了这位工友，都被执行电椅死刑。至于不同，都是些琐碎的小地方：克莱德杀掉罗伯塔·艾尔登的凶器不是网球拍，而是照相机；他杀人之后没有把她留在湖上，而是把船划了回去。克莱德就连名字缩写 C. S. 都和切斯特一样。这可能也是参考了切斯特以假名入住旅馆的情节。为了符合包上绣的字母，他用的虽然是假名，但缩写和真名一致。

《相约萨马拉》

约翰·奥哈拉

—

1934

《相约萨马拉》这个书名来自美索不达米亚平原一个古老的故事。威廉·萨默塞特·毛姆曾转述过这个故事，而小说本身也写到了这个故事。这个故事讲的是一个仆人在市场上收到死神威胁的手势，回去找到主人，诉说了遇到的场景。他逃往萨马拉去躲避死神，而主人就到市场上去直面死神，问她为什么要向仆人做出威胁的手势。死神回答说："那个手势不是威胁，只是表示惊讶。在巴格达看到他我很吃惊，因为今晚我俩在萨马拉有个约会。"约翰·奥哈拉解释自己为什么要选用这个书名，他说，这代表了"朱利安·英格里斯不可避免的死亡"。

《落水鸟》

弗兰·奥布莱恩

一

1939

弗兰·奥布莱恩[1]关于让人物与作家对立的观点首次出现在题为《小说场景》的短篇小说中。里面的一段文字如下："书里充斥着沸腾的阴谋，所有的人物至少悄声商量过两次，其中包括两个还没有正式被创造出来的人物……列位看官，实不相瞒，我觉得自己已黔驴技穷。"《落水鸟》中，这个观点得到了进一步的拓展，范围更大。里面出现了一系列的作家，都在这部小说里创造了其他的人物。他创造了多条虚构的线索，自己的主人公占据了最直接的一条。德尔莫特·特雷里斯是主人公创造的作家人物，他一直饱受自己笔下各种人物的折磨，直到主人公在刚刚解决了核心矛盾冲突之后，才将他从故事中剔除。

奥布莱恩对早期爱尔兰文学的参考引用贯穿了整部小说。因为奥布莱恩大学时期学的就是这个专业，所以他对全书参考引用的诗

---

[1] 作者原名布莱恩·奥诺兰，此为出版该书时所用笔名。——编者注

歌和典故非常熟悉。最直接的那条虚构线索有点自传的意味，奥布莱恩和他的主人公都是爱尔兰作家，都在大学里虔诚地学习文学。奥布莱恩还大量涉猎了讽刺文学，喜欢上了赫胥黎、坎贝尔和乔伊斯的作品，因此他的小说里也充满了讽刺的语气。

《美国精神病》

布雷特·伊斯顿·埃利斯

—

1991

"我真的不是很在意能卖多少本。"2016 年，布雷特·伊斯顿·埃利斯接受《滚石》杂志（*Rolling Stone Magazine*）采访时说，"我真的不是很在意谁能从这本书里找到共鸣。"这位作家回应的问题是，他创造的帕特里克·贝特曼这个人物引起了很多人的共鸣，对此他是否感到惊讶。埃利斯并没有想要创造一个能吸引大众的人物，他笔下的贝特曼是他自己的化身，表现了他在 20 世纪 80 年代作为一个年轻男同性恋的遭遇。他写道："我创造的这个男人，象征着雅痞阶级在里根总统统治下的 20 世纪 80 年代（非常具体的时间和地点）经历的绝望，但他真真切切地融合了我自己的痛苦和我在二十多岁时的遭遇。我其实并不想融入这个世界，但又不知道还能怎么办，只好选择努力融入。这就是帕特里克·贝特曼对于我的意义。他想成为一个理想的男人，因为这好像是'被接受'的唯一办法。贝特曼一直在说，'我想要融入这个世界'。这也是我的感受。我在 1987 年、1988 年和 1989 年写的一部小说，现在竟然有这么多人提，这实在是很让人震惊。"

有人问，他的父亲对贝特曼这个人物是否有影响，埃利斯回答："从某些方面来说，我让他做了挡箭牌。这个人物跟我的关系要大很多。有很长一段时间，我谈起这本书都觉得不舒服，因为这本书引起了强烈的争议，我心想，'哎呀我的天哪，现在我们干吗要谈这个啊，这本书本来就被严重误会了啊'。所以，把我的父亲搬出来谈这本书，就比较容易一些。从某些角度来说，我父亲和帕特里克·贝特曼也的确有相似之处。我亲眼见证了他被'新八十年代'男性美容大潮所影响。

"他真真切切地融合了我自己的痛苦，和我在二十多岁时的遭遇；我其实并不想融入这个世界，但又不知道还能怎么办，只好选择努力融入。"

我是艺术家，比他要开放得多，在做同性恋这件事情上，也是个公开出柜的人。他是个受欢迎的白人男性、特权阶级、共和党人，贝特曼拥有这一切与我并不一定相符的特质。我对这个人物代表的隐喻以及这隐喻与我的联系更感兴趣。"

在埃利斯提到的"新八十年代"，男性对健康、福利和外表的心态有了普遍的转变。埃利斯将这个转变称为"美国男性变花哨"，这也是小说真正要表现的主题。"从 20 世纪 80 年代开始，男人们就用前所未有的方式打扮自己，"埃利斯说，"他们把男同性恋文化里的很多东西直接带入了直男文化，比如美容、某种打扮、健身、脱毛，把自己修整得立刻就可以去拍同性恋色情片。这是有迹可循的，比如卡尔文·克莱恩（CK）的那些内裤广告，《美国舞男》这样的电影，《绅士季刊》的复兴。所有这些东西都为我写作《美国精神病》时提供了丰富的素材。所以，这对我来说，比贝特曼是不是个连环杀手要有趣得多，因为连环杀手只不过是书中很小的一部分。"

《盲刺客》

玛格丽特·阿特伍德

—

2000

　　在 2013 年写给《卫报》的一篇文章中，玛格丽特·阿特伍德阐释了创造小说中心人物背后的故事。她写道："写作《盲刺客》是个写了又停、停了又写的过程。我最初的想法是写我祖母和母亲那一代，加起来占据了整个 20 世纪。她们经历了"一战"和"二战"，两场战争都对加拿大造成了巨大影响。加拿大于 1914 年参与"一战"，又于 1939 年参与"二战"，两个月后我出生了。在这两场战争中被杀害的加拿大年轻人占人口比例很高。全国的城镇居民都在哀悼失去的亲朋好友，几乎所有地方都弥漫着战争的记忆。所以，小说的核心之一就是要构建这样的记忆。但无论是我祖母还是母亲，经历都不够曲折坎坷，无法成为我想写的小说主人公，因为我的小说里有很多谎言，而这两个女人都不会说谎。说到难以启齿的地方，她们就转换话题，聊聊天气。但我的艾丽斯·切丝命中注定是要说谎的，至少在与已故妹妹劳拉有关的问题上。"

阿特伍德本来计划通过劳拉来讲艾丽斯的故事，死去的是艾丽斯。然而，她对劳拉这个人物没什么兴趣，于是决定从第三人称的角度来讲述艾丽斯的故事，把她作为一个活着的角色。最终，她决定让艾丽斯完全掌控这个故事，用第一人称来写。最终成书里的一些元素，很多都来源于作废的旧稿，比如那个扁皮箱、帽盒和行李箱。其实，扁皮箱来自阿特伍德自己家里的一个扁皮箱，是妈妈传给她的。"现在属于我，"阿特伍德说，"不过我重新漆了一遍，把锈迹盖住。"

谈到为何选择提康德罗加港为小说的背景，阿特伍德写道："这个地方融合了有夏季戏剧节的安大略省斯特拉特福德，有采石场的圣玛丽，有峡谷的依罗拉，以及安大略省的巴黎小镇，它是主干河流的港口小镇，和其他城镇一样有美丽的 19 世纪建筑，但是数量还要更多一些。这些小镇曾经容纳了大批工厂和制造厂，包括纽扣厂，也就是切丝家的营生。很多工厂都在 20 世纪早期欣欣向荣，但在大萧条期间倒闭破产，切丝家的工厂也是这样。"

《看电影的人》

沃克·珀西

一

1961

　　1987 年，沃克·珀西接受《巴黎评论》的采访，对方问他，是什么促使他写出了《看电影的人》。他回答："灵感的火花可能来源于萨特著作《恶心》中的主人公洛根丁坐在图书馆看'自学男'，或者坐在咖啡馆里看服务员。为什么不创造一个更年轻、还没那么堕落的洛根丁呢？他应该是南方某个地方的人，身处新奥尔良中产街区尚蒂利，坐在电影院里，就像萨特笔下的布维尔……战后，我没有行医，没有写作，也没有在任何心理学、哲学或政治刊物上发表文章，只是住在新奥尔良看电影。你不能一直靠给《哲学与现象学研究学刊》写文章为生吧。我一下子想到，为什么不学学法国哲学家经常做而美国人几乎从来没做过的事情，把哲学写成小说，用人和地点把观念具象化呢？毕竟，后者其实一直是南方小说界的光荣传统啊。"

《黑暗之心》

约瑟夫·康拉德

—

1902

最初，约瑟夫·康拉德的《黑暗之心》是分三次在《黑森林杂志》（*Black Wood's Magazine*）上连载完的。这本书大部分内容都基于作家的亲身经历。康拉德说，这部小说是"一个狂野的故事，讲述了一名记者成为（非洲）腹地记者站的经理，并让自己成为一个原始部落敬拜神灵的故事"。小说灵感来源于他在 19 世纪 90 年代在刚果河一架蒸汽船上服务的经历。船长得了重病，他成了船上的指挥，成功将船导航进公司的一个航站。他后来又在非洲待了几年，四处旅行，做了很详细的笔记。不过，康拉德的笔记中并没有详细记载小说主人公库尔兹的灵感来自何处。有些人认为，他是受了埃明·帕夏救援队一些成员的启发——这个救援队是仅剩的少数深入非洲腹地的欧洲远征队之一。另外一些人认为，这个人物的灵感来源于一位名叫里昂·罗姆的比利时士兵。还有些人认为是乔治-安东尼·克雷恩，他是康拉德在蒸汽船上的一位同事。而作家本人从未透露过这个人物的创作灵感。

《沙丘》

弗兰克·赫伯特

1965

面对俄勒冈州佛罗伦萨铺天盖地的沙丘，深受震动的弗兰克·赫伯特曾写信给自己的文学代理，说这些沙丘可能会"吞噬所有的城市、湖泊、河流和公路"。美国农业部当时正打算在整片土地上种植草皮来稳定沙丘结构。这给了赫伯特灵感，写了一篇文章《他们阻止了流沙》。这篇文章一直没写完，但促使他继续研究这个主题，这在他分三次连载于《模拟》（*Analog*）科幻杂志的小说《沙丘世界》中有所体现。第二年也就是 1965 年，赫伯特写了分五个部分连载的小说，标题叫《沙丘的预言》，发表在同一家杂志上。他本想在此基础上加以扩展修改，作为一部完整的小说出版，结果遭到了业内人士普遍彻底的拒绝。只有以出版手册与说明书著名的克林顿图书公司同意帮他出版。赫伯特在作者赠言中写道："献给那些辛勤劳动的人，他们不只停留于观念的世界，还进入了'现实材料'的国度；献给旱地生态学家，无论他们身在何处，无论他们在什么时间工作，他们致力于预言自然的努力都是为了全人类，值得尊崇和敬重。"

《云图》

大卫·米切尔

2004

　　大卫·米切尔接受《巴黎评论》的采访时，对方问他是如何想到《云图》的结构的。作家回答："第一次读卡尔维诺的《寒冬夜行人》（*If on a Winter's Night a Traveler*）时，我有点茫然无措。我以为这本书到后来，会笔锋一转，打断原有的叙述，这也是我十分期待的。小说读完了，我有一点受骗的感觉，因为卡尔维诺没有把他开始的东西完成，当然，这就是全书的意义所在。但我脑中响起一个声音：如果书的最后真的放着一面镜子，你读到下半部分的时候被带回开头，会是什么样的感觉？这个念头一直萦绕在我脑海里，直到我十八九岁在写第三本小说的时候，终于得以实践。"

　　米切尔的《云图》分为六个单独的中篇小说，第一个和最后一个里都出现了亚当·尤因。关于这个人物的来历，米切尔说："尤因不是一拍脑袋想出来的，这个形象是慢慢清晰起来的。我花了好几个月研读19世纪的一些资料。"在同一个采访中，米切尔说："我读了很多梅尔维尔的书，还有理查德·亨利·丹纳的《桅前两年记》（*Two Years Before the Mast*）。我还读了贾雷德·戴蒙德的《枪炮、病菌与钢铁》（*Guns, Germs, and Steel*），发现了莫里奥里人，他们栖居在新西兰东部的查塔姆群岛，这真是让我无法抗拒。我希望想个办法，把这个故事包含进来。我看到一本书里提到旧金山的一个人，他的名字真的叫尤因，这个人早已湮没在历史长河中，但仅存的莫里奥里人中有一个对这个尤因讲了自己的故事。"

小说的大部分情节都发生在南太平洋上，其灵感很有可能来源于米切尔在日本的生活经历。爱人的签证过期了，他便从欧洲搬到日本，两人在那里建立了家庭。几年之后，两人又意识到，如果米切尔在欧洲做全职作家是可以养家的，于是又搬了回去。

"作家偏好的主题相对来说比较少，不管你多么努力想要写点别的，那些偏好都像地鼠一样不断地冒出来，打也打不完。"

不过，《云图》中吃人的情节是米切尔很多著作共同的主题。他解释说："作家偏好的主题相对来说比较少，不管你多么努力想要写点别的，那些偏好都像地鼠一样不断地冒出来，打也打不完。我经常重复的一个主题就是'肉食性'，而吃人就是肉食性一个古老而原始的表现形式。我还记得在学校里看一部关于动物的纪录片，里面的猎豹成功抓住了一只羚羊。猎豹把羚羊撕碎时，一个叫安吉拉的可爱女孩子说，'老师，这好残忍啊'。老师说，'是啊，安吉拉。但是自然就是很残忍啊'。那是我早期与伦理相对论的一次相遇。是啊，天真无辜的羚羊被撕成碎片，但不这样的话，可怜的猎豹妈妈和六只猎豹乖宝宝又怎么办呢？我真的想让他们饿到皮包骨头，好让土狼来把他们一只只地叼走吗？但是，可怜的土狼宝宝们呢？这个可以一直一直循环下去……到最后，我们会提出类似'什么是残酷'这样的问题，很快就会发展到'什么是邪恶'。作为小说家的我想要探寻这个答案，是希望能够合理安排那些虐待折磨我的主角们的反派。"

《格列佛游记》

乔纳森·斯威夫特

—

1726

传说乔纳森·斯威夫特开始写《格列佛游记》的同时，还在和其他几个作家一起组建"斯克里布勒鲁斯俱乐部"，那大概是在1713年左右。该社团在伦敦开办，等到几位建立者去世也就自行解散了。他们成立这个社是想一起写讽刺文学，还创造了一个人物——马丁内兹·斯克里布勒鲁斯，以他的语气来发表作品。每个作家都有自己不同的职责，斯威夫特负责写斯克里布勒鲁斯的回忆录，还有"行者故事"这个文学流派的讽刺作品。结果他就写成了《格列佛游记》。书中表达了他对辉格党的强烈不满，为此斯威夫特还找人把他的手稿抄了一遍，这样就不会有人将他的笔迹作为不利证据去中伤陷害他。接收手稿的出版人暗中删减了书里一些比较敏感的场景，加了几个为政府说好话的情节，于1726年匿名出版了《格列佛游记》。

《藻海无边》

简·里斯

一

1966

出版于 1966 年的简·里斯著作《藻海无边》，被认为是夏洛蒂·勃朗特于 1847 年出版的文学经典著作《简·爱》的前传。《简·爱》的主人公爱上了一个富有的庄园主，却不知道他的已婚身份。庄园主认为结发妻子是个疯子，把她关在阁楼上。而《藻海无边》的情节，讲述的就是在简·爱出现之前的那段婚姻状况。开篇写的是妻子在牙买加度过的童年。主人公安托瓦内特·科斯韦的身世背景，应该和简·里斯本人的经历有关。她是英籍多米尼加裔作家，比大多数人都懂得来自牙买加地区的人和英国人会发生什么样的碰撞。作为克里奥尔人的后代，科斯韦自然是听从父母之命结了婚，被迫离开岛上的家园，和新婚丈夫生活在一起。丈夫给她重新取了个名字"伯莎"（就是《简·爱》中那个原配妻子的名字），还把她锁在小屋里。远离家乡，失去了牙买加人这个身份又被囚禁，伯莎慢慢地疯了。

里斯决定写《藻海无边》，应该是想纠正一个错误，至少让人们注意到，那就是已婚男性和女性之间力量上的不平等。安托瓦内特的失常就能淋漓尽致地表达这种不平等。安托瓦内特曾经是克里奥尔人家里的大小姐，后来却流离失所，名字也改了，自由也没了，最终连理智都丧失了。这全都要归咎于父母安排的婚姻以及丈夫在她被囚禁时的出轨背叛。

《遮蔽的天空》

保罗·鲍尔斯

—

1949

　　"每个人都是孤立于其他人的，"1981年，保罗·鲍尔斯接受《巴黎评论》的采访时如是说，"'社会'这个概念就像一块保护垫，让我们生而孤立却不自知。一本像麻醉剂一样的小说……把人物安排在如此种种的环境下，往往会成为催化剂或导火索，没有这个环境，就没有行动。所以，我不应该说这些背景环境是次要的。也许，要是我没有接触过你们所说的'异域'之地，可能根本就不会产生写作的念头。"鲍尔斯说的是他在摩洛哥丹吉尔的经历，在那儿的时候，他"在沙漠旅馆的床上写作"。之前他签了本小说的合同，还收到了预付款，之所以来到这个异域城市，是因为他缺乏灵感，而且越来越厌恶做音乐。关于这个话题，他说："我从当作家开始，也一直兼任作曲家。我来到这里是因为想写小说。我拿了钱，要交货。我烦透了帮别人写歌，比如什么约瑟夫·洛塞[1]、奥逊·威尔斯[2]等，

---

[1]　美国导演、编剧、制片、演员。

[2]　美国演员、导演、作家、制作人。

还有很多人，说也说不完。"他在两个领域都成绩斐然。多年后，他写道："一个人写的任何东西从某种程度上来说都是自传，这是当然的。不是从事实的角度来说，而是从诗意的角度来说。"《遮蔽的天空》是在丹吉尔写成的，参考了他的个人经历和周围的环境。书名来自歌曲《在那棕榈树的遮蔽下》(*Down Among the Sheltering Palms*)，那是他孩提时代每个夏天都要听的歌。

两个主要人物波特和姬特随手取材于鲍尔斯自己和妻子简。鲍尔斯说："这本书是 1947 年在纽约构想出来的，百分之八十的内容都是在 1948 年简第一次踏足北非之前写成的，所以毫无疑问，书的内容要根据以前的经历来写。故事是完全虚构的。姬特不是简，不过在描写姬特一路上的反应时，我也用了简的一些性格特征。我显然认为波特是自己在小说中的延续。但波特当然不是保罗·鲍尔斯，正如姬特也不是简。"当然，两个人物一直不停地漂泊，灵感来源于鲍尔斯长久以来的一个心态：漂泊就是自由，就不用直面自我。"总是四处漂泊，能够很有效地拖延最后审判日的来临。我漂泊的时候是最高兴的。脱离过去的生活，还没有建立新生活的时候，你就是自由的。我一直觉得这带给人很大的愉悦感。如果你连自己去哪里都不知道，那就更自由了。"

《长眠不醒》

雷蒙德·钱德勒

1939

　　雷蒙德·钱德勒写《长眠不醒》的时候，用了他著名的创作方法："调动"自己之前作品里的内容。钱德勒参考了他之前登在《黑面具》杂志上的两个短篇小说，分别是 1935 年发表的《雨中杀手》和 1936 年发表的《帷幕》，还从另外两个短篇《检方证人》和《中国玉》中截取了一些小片段，把这些内容都结合到一个长篇中。特别是《雨中杀手》和《帷幕》，也和《长眠不醒》有着类似的父女关系。比起情节上的一致和连贯，钱德勒更看重人物个性的描写，所以，虽然成书细节丰富，最后却没能破案。这是他"调动"技巧的漏洞。制片人霍华德·霍克斯（Howard Hawks）问钱德勒，到底是谁杀了那个司机，钱德勒回答说，不知道。

《到灯塔去》

弗吉尼亚·伍尔夫

—

1927

孩提时代的一个夏天，弗吉尼亚·伍尔夫在康沃尔郡圣艾夫斯一栋出租房里度过，她们家每年都要去那里度假。这栋房子名叫"塔兰德屋"，弗吉尼亚在1921年的一篇日志中写道："我对康沃尔的浪漫幻想为什么到了如此难以置信又无可救药的程度？我猜是因为过去的岁月吧。我看到孩子们在花园里跑来跑去……夜晚的海声……将近四十年的生命，都以此为基础，被它所渗透弥漫，影响之大我永远也无法解释。"

那栋房子屹立至今，俯瞰着博斯米斯特海湾和戈弗雷灯塔，后者正是这部小说的灵感来源。每年夏天去那里是伍尔夫家的传统，直到1895年母亲猝然去世，那年弗吉尼亚年仅十三岁。猝不及防的悲痛导致她多次精神崩溃，新世纪开始仅仅几年，父亲也去世了，她的精神崩溃愈加频繁。《到灯塔去》是对幸福时光的致意，灵感来自伍尔夫全家的度假时光。她姐姐瓦内萨·贝尔说，读了妹妹的作品之后，就好像看到母亲复活了一样。书中描写的赫布里底岛，各种环境和背景都和圣艾夫斯有着惊人的相似，包括那些通向大海的花园。就连丽莉·布瑞斯科这个人物身上都能找到伍尔夫自己的性格特征，她用伍尔夫写作的方式来画画。

《戴帽子的猫》

苏斯博士

—

1957

"教室里，男孩女孩们面对的书和图画平淡无味，表现的是别的孩子整洁又听话的生活。"约翰·赫塞在他的文章《孩子们为何被困在第一行？地方委员会指出全国青少年阅读困难的问题》中写道："书中所描写的男孩女孩都有礼貌到反常，干净到不自然……在书店，任何人都能买到内容更明亮更活泼的书，里面有奇妙的动物和表现很自然的孩子，有时候会有调皮捣蛋的小孩……只要各个校董会能有所鼓励，出版商的学校启蒙读物就可以这样……为什么（学校的读物）上面的图片不去拓展孩子们根据图画和文字做出的想象，而是去限制呢？为什么上面不能有坦尼尔、霍华德·派尔、苏斯博士、沃尔特·迪士尼等想象丰富的天才儿童作家的作品呢？"

霍顿·米夫林出版公司教育部的主管威廉·斯波尔丁看了这篇文章之后，深受震动，他十分认同里面提出的批评意见。心态转变后，他就想有所行动，于是委托西奥多·盖泽尔写一本童书，还在晚餐时朝西奥多大喊："给我写一本一年级孩子们拿起来就放不下的书！"

盖泽尔也就是我们熟知的"苏斯博士"，他拿到一张单子，上面列出了这本书可以用的 350 个单词，也就是六岁大的孩子基本上都知道的词汇。苏斯从这 350 个单词中选了 225 个来用。有了这个限制，书就很难写了。毕竟，苏斯比较喜欢写长段的文字，还喜欢完全由自己捏造出来的词。开篇不顺的他决定围绕单子上最先出现的两个押韵的单词来展开这个故事，如此一来就有了"戴帽子（Hat）的猫（Cat）"。猫的一些性格特征来源于一个叫作安妮·威廉姆斯的女人，她是个"矮小佝偻的女人，总是戴着'半指头皮手套'，挂着'一个神秘的微笑'"。她是霍顿·米夫林波士顿办公楼的一名电梯操作员，也是书中猫的微笑与手套的灵感来源。

《好饿的毛毛虫》

艾瑞克·卡尔

一

1969

谈到《好饿的毛毛虫》如何诞生，艾瑞克·卡尔说："有一天，我拿着打孔机给一摞纸打孔，联想到一只书虫，所以就创作了一个故事：《和虫虫威利在一起的一周》。"他的编辑安·贝内杜斯建议把动物改一下，让主人公更逗人喜欢。卡尔最后决定用毛毛虫，他回忆说："一切就是这样开始的。"

《都是黛西惹的祸》

凯特·迪卡米洛

—

2000

"这本书是两件事情的直接结果，"有人问凯特·迪卡米洛，怎么想到要写《都是黛西惹的祸》，她这样回答，"第一，我这辈子第一次长时间地没有和狗狗相伴；第二，这本书是我在明尼苏达最糟糕的冬天写的，而在明尼苏达最糟糕的冬天，你就是迫不及待地想回到佛罗里达。我没那个钱，回不去，但可以写一本书，幻想自己回去了。"就这么简单的两个愿望，催生了一部经典作品，真是令人叹为观止。

《猎杀"红十月"号》

汤姆·克兰西

—

1984

1975年，三等上校瓦雷里·沙布林在苏联海军的反潜舰"哨兵"号上领导了一场兵变。他想借此来抗议勃列日涅夫治下俄罗斯腐败横行的局面，并计划将船开往里加湾，在那里寻求政治庇护，并向整个俄罗斯发送信号，表达他心中的想法："当局腐化败坏，社会主义面临重重危险，共产主义早已一去不返。"沙布林劫持了船长和所有不同意他计划的军官，把他们关在主甲板下面独立的隔间里。他对船上剩下的人发表了慷慨激昂的讲话，在夜色的掩护下起航，并破坏了船上的雷达设备，避免被侦查到。苏联当局得知了兵变的消息，调动了波罗的海上一半的舰队，又派出六十架军用飞机，共同阻止那艘船。"哨兵"在开出瑞典水域六十多公里后就抛锚了。沙布林被判叛国罪，执行死刑，他得力的副官则在监狱中服刑八年。

汤姆·克兰西笔下的马科·雷米斯背叛苏联的部分原因是妻子的死，但他也和沙布林有相似之处，政治氛围也是促使他叛变的原因之一。在写自己的小说处女作《猎杀"红十月"号》时，克兰西经常参考前面讲的这个故事，好把马科叛变期间的心态和思想描写得更为真实可信。

《马耳他之鹰》

达希尔·哈米特

—

1929

《马耳他之鹰》又是一个作家为了达成更宏伟的结尾，对旧作进行"调动"的例子。在这本书里，达希尔·哈米特把发表在《黑面具》

杂志上的两部作品《库菲尼亚尔的内脏》(*The Gutting of Couffignal*)和《不知名的孩子》(*The Whosis kid*)吸纳进了自己的新小说当中。1930 年,《马耳他之鹰》作为一本完整的小说出版,但一开始是在《黑面具》(*Black Mask*)上连载了五期。小说借鉴了哈米特在旧金山平克顿私家侦探事务所做私人侦探的经历。在那里遇到的很多人都给了他灵感,使他创造了小说中形形色色的人物。不过,尽管和作者名字一样(两人出生时父母取的名字都叫塞缪尔),但哈米特笔下的主人公却是完全虚构的。哈米特写道:"斯佩德没有原型。他是个理想中的男人,是我合作过的很多私家侦探想要成为的那种男人,有时候他们过分自信和膨胀,还觉得自己曾经接近过这种境界呢。"

《哈克贝利·费恩历险记》

马克·吐温

一

1884

马克·吐温在自传中写道:"在《哈克贝利·费恩历险记》中,我完全是按照汤姆·布兰肯希普本人的样子来刻画主人公的。他懵懂无知,肮脏邋遢,食不果腹。但他和所有小男孩一样,心地纯良。他是完全自由、无拘无束的。无论是作为男孩还是男人,他都是整个社区中唯一一个真正特立独行的人。因此,他总有一种平静的快乐，为我们所嫉妒。而我们的父母禁止我们去接触他的世界，又让这个世界的价值成倍增长。因此，对于他的世界，我们是最向往、最想去了解探索的。"

汤姆在密苏里的汉尼拔镇与吐温一起长大，是一个锯木厂工人的儿子。这个工人酗酒，拿到的微薄收入几乎全用来过酒瘾。书中哈克贝利父亲的形象部分来源于汤姆的父亲，部分来源于镇上的醉鬼流浪汉吉米·费恩。汤姆没有母亲，父亲也相当于没有，于是就有了哈克贝利·费恩所表现的那种自由个性。

《野性的呼唤》

杰克·伦敦

一

1903

"在克朗代克，我找到了自我。"1897 年，克朗代克淘金热正如火如荼之时，杰克·伦敦在旅途中写道。十四岁辍学以后，伦敦流浪全国，最终回到加利福尼亚完成了高中学业，并进入加州大学伯克利分校。一年后，他又退了学，取道阿拉斯加的奇尔库特山口来到克朗代克，和队友们一起宣布拥有该地区八个金矿的主权。他在那里待了大概一年，结果染上了维生素 C 缺乏症，不得不和队友们划着小艇，沿着育空河漂流三千多公里，来到圣迈克尔。为了能挣钱回到旧金山，他在圣迈克尔的一条船上打工。

伦敦在阿拉斯加度过的时光，给了他写出《野性的呼唤》的必要灵感。巴克这条狗的灵感来源是一只圣伯纳苏格兰混血牧羊犬，它的主人是伦敦的朋友，马歇尔·莱瑟姆·邦德和路易斯·威特福德·邦德两兄弟。书中之所以写到狗，是由于现实中的营地总有很多狗，因为马是无法顺利爬上金矿的，而狗就比较能适应各种环境，所以在陡峭的怀特山口总会看到成群结队的狗来来往往运送资源。邦德一家还为小说提供了另一个灵感：书开头的牧场小屋参考的形象就是邦德家的牧场。

这本书的初衷并不是要写阿拉斯加的故事，因为《旧金山快报》（San Francisco Bulletin）的一名编辑告诉伦敦，关于自然的故事很难引起读者的兴趣。《野性的呼唤》本来应该是伦敦一部小说的姊妹篇，那部小说

> "故事的发展脱离了我的控制，从原来的四千字变成了三万二千字，我才勉强停笔。"

叫《私生子》，讲了狗杀掉主人的故事。他是想"为狗类正名"，才开始写《野性的呼唤》。但用他自己的话来说："故事的发展脱离了我的控制，从原来的四千字变成了三万二千字，我才勉强停笔。"这个故事最开始在《周六晚邮报》（The Saturday Evening Post）上连载了四期，之后才在1903年被麦克米伦出版公司作为小说出版。

《猪人》

保罗·金代尔

一

1968

"我当时住在斯塔顿岛一座有五十个房间的空城堡里，"有人问保罗·金代尔，写作《猪人》的灵感来源于何处，他如是说，"我在帮一个房地产公司对这座城堡做评估。那时候我三十岁。一天，一个十几岁的男孩不请自来。我走出去斥责他，结果发现他是我见过的最有趣的小伙子之一。他给我讲了好多有趣的冒险，这些都成了《猪人》中的情节……罗琳的原型是我在塔腾维尔高中教化学的一个班的女生。那个女孩子，只要提到了死亡、战争这些东西，她就会随时开始哭。我心想，要是把这两种生活状态写进同一个故事，让他们俩同时遇到一个鬼马的、年长的、导师一样的人物，那对我来说该是多么美好的冒险啊。猪那蒂先生的原型是我认识的一个意大利老爷爷。"

金代尔在《猪人》中发挥了最大想象来拓展那些令他着迷的现实人物。当然，用他自己的话来讲，"无论要活灵活现地展现任何人物，你都需要把自己的一部分灌注到他们之中。所以猪人、约翰和罗琳，其实都有一部分是我。我以前很喜欢插科打诨和恶作剧，喜欢思考万物生与死的问题。我在墓地里玩耍，品尝沾了巧克力的蚂蚁，也喜欢在动物园里和动物们聊天。我的儿子大卫也很喜欢做我以前做过的很多傻事儿。在柏林的动物园，他开口和一只猴子说话，那猴子就朝他尖叫。《猪人》里的涂鸦都是来自我自己的经历，写在我教课的某间教室的课桌上。'救命！一个大坏蛋科学老师给了我一种药，要把我变成一只丁点儿小的蚊子！'"

《笨蛋联盟》

约翰·肯尼迪·图尔

—

1980

　　《笨蛋联盟》有比较轻松的历史成分，约翰·肯尼迪·图尔在字里行间写满了自己在新奥尔良的种种经历。他在杜兰大学完成了本科学业，之后进入纽约哥伦比亚大学学习英语文学，其间在亨特学院做兼职教师来赚学费。再后来，他回到路易斯安那担任教职，之后又被征兵入伍，就在军队里开始写自己的小说。这部小说具有先锋意义，被誉为文学史上对新奥尔良描写得最为准确的作品之一。图尔在那个城市度过了很长一段时光，可以取材的信息非常丰富。在新奥尔良，图尔做过小贩，还在一家家族布厂短暂打过工，这两段经历都被他写进了小说中。他笔下的主人公伊格内修斯·赖利，小部分取材于他自己，小部分取材于一个教授朋友鲍勃·伯恩，此人聪慧又古怪，一点教授派头都没有。

　　这部小说还有一段比较黑暗的历史。图尔还未来得及看到手稿出版便撒手人寰，于 1996 年 3 月 26 日自杀，享年 31 岁。他悲痛欲绝、心情低落的母亲在儿子以前卧室的衣橱顶上发现了一份《笨蛋联盟》的稿子，她觉得这些文字能向人们证明，自己的儿子多么才华横溢。此后五年，小说一共被七个出版商退稿，母亲说："每次被退稿，我就死去一点点。"1976 年，她听说沃克·珀西在新奥尔良的洛约拉大学做职员，决定去找他，要他读读书稿。珀西在书的序言里讲了这件事，写道："这位女士很坚决，于是她就站在我的办公室，把那摞厚重的手稿递给我。我无处可逃，只抱有一丝希望：读上几页之后觉得比较糟糕，凭良心讲，我就不该再读下去了。通常我那么做就好了，而且一般来说看了第一段就够了。我只担心，这一本可能没有糟糕到那个地步，又或者根本就是特别优秀，这样我得一直读下去。所以这部作品我是一直读了下去的。一开始心越来越沉，觉得这些文字不算糟糕，还不到要放弃的地步，接着就有了针刺般的感觉，起了兴趣，再后来就越读越兴奋，最后产生了怀疑：不可能有这么好吧？"这之后又过了三年，本书才得以出版，赢得好评如潮。1981 年，图尔被追授了普利策小说奖。

《草叶集》

沃尔特·惠特曼

—

1855

《草叶集》一开始是个短集子，收录了十二首无题诗，一共也就九十五页，因为惠特曼希望这本书是能放进口袋随身携带的。"这样，人们就能随身携带着，到户外去读我的作品。在户外，我几乎总是能打动读者的。"第一版印了 800 本，拉尔夫·瓦尔多·爱默生收到了一本，他给惠特曼写信说："我认为这是美国迄今为止奉献的最出色、最具智慧之光的作品……读到这样的作品我非常快乐，正如伟大的力量让我们快乐一样。"这封信的开头如是说："在伟大事业的开端，我向您问候。"

惠特曼写《草叶集》起初是为了回应 1844 年爱默生写的一篇文章《诗人》。爱默生指出一个事实，美国正在经历剧变，并呼唤能有独树一帜的诗人在作品中跟上这样的变化。惠特曼对爱默生的作用略微有些轻描淡写，他只是说："我一直像是文火慢炖，而爱默生让我沸腾。"但在收到爱默生充满溢美之词的信之后，1856 年，惠特曼把这本诗集扩展到了 384 页，这是第一次扩展；那之后到 1891 年，又扩展了七次，直到第九版，也就是最后一版付梓。惠特曼把这一版称为"临终版"，他给一位朋友写信说：《草叶集》终于完整了，我花了三十三年来梳理，记录了一生中的时光与心情，好天气与坏天气，所有踏足过的土地，还有战争与和平，年老与年轻。"诗集最终版问世时，《纽约先驱报》刊登了一则启事："沃尔特·惠特曼满怀恭敬，希望能敬告公众，过去三十五年到四十年来他一直花大量时间书写并部分出版的这本《草叶集》，现在终于完成了，他希望这个 1892 年的新版能完完全全取代之前所有的版本。

"我一直像是文火慢炖，而爱默生让我沸腾。"

就算其中难免有错漏，他也认为这个版本是他自我选择的最独特、最完整的诗意表达。"经过这么多版本，书中诗选的数量已经大大增加，从 1855 年的十二首到 1892 年的四百首。这样具有标志性的诗集名叫《草叶集》，实在有些讽刺，因为在出版业，"草"形容的是那种毫无价值的作品，"叶"则是这种作品刊印的纸张。

《杀死一只知更鸟》

哈珀·李

1960

哈珀·李在《杀死一只知更鸟》中塑造的人物，就充分体现了这部小说所受的影响。头一个人物就是阿提克斯·芬奇。这个形象来源于李的父亲阿马萨·科尔曼·李，他和芬奇一样，也是个辩护律师。他辩护的最后一个案件，当事人是两个被判谋杀罪的黑人，他们最终被定了罪，处以绞刑并被肢解。这个案子让李灰心丧气，彻底告别了刑事法务。但本书还受到其他很多影响。李常常说，她笔下的迪尔原型是杜鲁门·卡波特，这是哈珀孩提时代的朋友，两人经常进行关于文学的长谈，感情甚笃。李住的那条街上有一家人住在木板房里，这很可能是拉德力一家的原型。而汤姆·罗宾逊的原型，可能是任何因为被指责冒犯白人女性而被处极刑的黑人男子，他们被控犯下的罪行上至强奸，下至简单的调情。亚拉巴马州的梅康镇原型是李的故乡，同在亚拉巴马州的门罗维尔。从一定程度上来说，斯科特有点像作家本人，两个人都是假小子，也都有一个比自己大四岁的哥哥。

> 李常常说，她笔下的迪尔原型是杜鲁门·卡波特，这是哈珀孩提时代的朋友，两人经常进行关于文学的长谈，感情甚笃。

《亚瑟·戈登·皮姆的故事》

埃德加·爱伦·坡

—

1838

对埃德加·爱伦·坡的著作《亚瑟·戈登·皮姆的故事》经过一番研究之后，人们指出，尽管不是一眼便知，这本小说似乎还是深深被作家生平的经历影响了。皮姆和坡的全名都人尽皆知，姓也有点相像，而亚瑟·戈登·皮姆的中间名之所以叫戈登，很可能是因为坡喜欢诗人戈登·拜伦。皮姆离开了玛莎葡萄园，而坡也曾经在那里定居过。皮姆于 1 月 19 日来到莎莎岛，那天正好是坡的生日。很多人认为奥古斯都这个人物的原型是坡的哥哥，他曾在南美海域的美国军舰"马其顿"号上服役。而书中人物和这个哥哥去世也是在同一天。就连皮姆扮装为了躲过爷爷的情节，也可以追溯到坡对家庭义务的不屑，特别是他对养父约翰·艾伦的责任。

《纯真年代》

伊迪丝·华顿

—

1920

作为第一本由女性写作并获得普利策小说奖的作品，伊迪丝·华顿的《纯真年代》表现了 20 世纪早期个人和国家的变化。华顿这部作品一开始是以连载四期的形式在《评论画报》上发表，书中的视角来自一个纽约上流社会的女性，在设定的时间和地点背景之下，人们最重视的就是礼仪规矩。华顿写道："我追溯幼时记忆，找回早已消逝的美国，在其中能得到片刻解脱……我越来越明显地感觉到，那个让我成长其中并塑造我性格的世界，已经在 1914 年被毁灭了。"

> "我越来越明显地感觉到，那个让我成长其中并塑造我性格的世界，已经在 1914 年被毁灭了。"

"一战"期间，华顿在欧洲亲身经历了机械化的战争，被迫与这个以破坏为主题的新时代和解，她承认这辈子所熟知的那个世界已经彻底永久地改变了，并把这种和解写进了《纯真年代》。罗斯福总统刚刚去世，她就开始动笔，因为那时候可以非常明显地感知到美国正在向新世界过渡。有人把书名解读为对新旧世纪交替时纽约精英阶层虚伪面目的轻微讽刺，然而很明显，这个书名是对烟消云散、再也无法寻回的时日的怀念。

《神奇的收费亭》

诺顿·贾斯特

—

1961

谈到《神奇的收费亭》，诺顿·贾斯特告诉美国国家公共电台（NPR）："和我一生中发生的大多数好事一样，《神奇的电话亭》是因为我想逃避别的事情才写出来的。当时是 1958 年，我在海军服役三年之后回到纽约做建筑师。我还收到一笔预付款，要我为孩子们写一本关于城市的童书。我精力充沛、热情满满地动了笔，直到发现自己深陷于一摞摞小卡片，筋疲力尽，意志消沉。我不想干这个。为了阻止自己满脑子想着城市，我必须想想别的。我小时候是个很怪的孩子，很安静，很内向，又喜怒无常。大家对我都没什么大的期望，人人都不管我，所以我就在自己的脑子里东想西想。长大后我仍然觉得自己是个懵懂无知、满脑子问题的孩子，疏离、冷漠又困惑，生活不伦不类、莫名其妙。于是我就开始认真地思考这个孩子，动笔写他的童年，也就是我的童年。"

《惧恨拉斯维加斯》

亨特·S. 汤普森

—

1971

20 世纪 70 年代早期的洛杉矶被种族主义和各种固执的偏见弄得乌烟瘴气，亨特·S. 汤普森想远离这里，换个环境采访律师兼社会活动家奥斯卡·泽塔·阿科斯塔，于是决定利用《体育画报》请他为拉斯维加斯一个沙漠种族的照片写解说的机会。讽刺的是，就是这家杂志，后来拒绝发表那趟旅程中诞生的一份两千五百字的手稿，也就是汤普森的《惧恨拉斯维加斯》。

一开始，汤普森只是想采访阿科斯塔，这位墨西哥裔美国政治活动家，问问他对墨西哥裔美国记者鲁本·萨拉查遇害一事的看法——该记者在进行越战抗议时，被洛杉矶警队近距离投掷的催泪弹击中。然而，用汤姆森自己的话来说："压力太大了……我发现根本不可能与奥斯卡单独对话。我们总是身处一群街头混混当中，他们直截了当地告诉我，不需要什么理由，就能把我剁碎了夹在汉堡里吃掉。这样根本写不出一个内容丰富、触动人心的故事。所以，一天下午，我开着租来的车，带着奥斯卡来到比弗利山庄酒店，远离他的保镖等一干人，然后告诉他，我已经有点要被压力逼疯了，就好像随时都在舞台上，或者随时都深陷监狱暴动。他表示同意，但他处在'激进分子领袖'这个位置上，所以不可能公开对异族人士表现出友好。"

之后，汤普森就和阿科斯塔一起去了拉斯维加斯，一共去了两趟。在那里，汤普森开始写萨拉查的故事，附带着详细记录了自己这一路上的观察。"奥斯卡必须赶回去参加周一早上九点的庭审，"汤普森写道，"所以他坐飞机走了，我就独自一人留在那里，只有我和一张巨额的酒店账单，我知道自己根本付不起这个钱。这一幕充满了危险的现实，于是我就在薄荷酒店的房间里待了三十六个小时闭门不出……在笔记本上疯狂地写着，写这个我觉得自己可能无法逃脱的险恶状况。这些文字就是《惧恨拉斯维加斯》的起源。从内华达逃走之后那个紧锣密鼓工作的一周（每个下午我都在洛杉矶东区可怕的街道上写作，每个晚上则在华美达酒店隐匿的小房间里打字）……我唯一放松、感觉自己还算个人的时刻，大概是在黎明时分，内心稍感轻松，就写写这个情节慢慢发展的拉斯维加斯的疯狂故事。等我回到旧金山《滚石》杂志总部时，萨拉查的故事已经是洋洋洒洒一万九千多字，而那个在空余时间写出来的奇幻拉斯维加斯'狂想'则自由生长，接近五千字了。而且结尾遥遥无期，又没什么充分的理由继续写下去，只是纯粹享受在纸上码字的感觉。有点像在锻炼，像跳波列罗舞。但《滚石》的编辑简·温乐喜欢开始那喧喧嚷嚷的二十来页，并很认真地对待这个书稿，试探性地发表了一些。这对我也是一个鞭策，我就有理由继续写下去了。"

造访拉斯维加斯一个月后，汤普森和阿科斯塔故地重游，为《滚石》报道全美检察官协会麻醉剂与危险药物研讨会。在拉斯维加斯，他们努力去写作《惧恨拉斯维加斯》的后半部分，特别强调"美国梦"这个概念。完整的手稿一写好，《滚石》就分两期进行了连载，标题是"惧恨拉斯维加斯：一场直捣美国梦的凶险之旅"。

汤普森写道："《惧恨拉斯维加斯》是荒诞新闻学的失败试验。我本来想的是，买一本厚厚的笔记本，把发生的事情一五一十地记录下来，然后把笔记拿去发表，不进行任何编辑。我当时就是这样认为的：记者的眼睛和思想可以充当相机的功能……但要做到这一点很难，最后我发现，一开始是直截了当又疯狂的新闻报道，我却不自觉地要套上一个本质上是虚构的框架……尽管这不是我的本意，但这个失败的尝试有很复杂的含义，所以我能冒险为它辩护，说这是汤姆·沃尔夫口中的'新新闻'在蜻蜓点水地触碰了将近十年后，第一次笨拙的尝试。"

《虚荣的篝火》

汤姆·沃尔夫

—

1987

和很多人一样，汤姆·沃尔夫深深沉迷于 20 世纪 80 年代的纽约。噩梦般的十年过去以后，华尔街东山再起。这个曾经肮脏荫翳的部分因为罪犯与流浪汉，慢慢地浮出水面，再加上越来越严重的种族矛盾，这个时代的纽约，实在是太适合被写成文字记在纸上了。

沃尔夫在布朗克斯区和凶杀重案组一起行动，还在曼哈顿的刑事法庭旁听，都是为了写作做研究。他觉得这本书最好是在双周刊或月刊上分期连载。他解释说，这样一来，截稿日期会催促他不断写作，他还能仿效自己崇拜的维多利亚时期的作家风格。简·温乐付给沃尔夫二十万美元，让他把作品发表在《滚石》上。于是连续十三个月，每两周该杂志上就会出现一篇《虚荣的篝火》。

书中的矛盾冲突从华尔街上一名白人债券交易员开始。这个交易员认为一群黑人接近他是想伤害他，于是开车撞倒了一名黑人。这种事件的历史真实性令人信服，因为当时经常出现一些黑人在白人社区遇害的案件，备受瞩目，频繁程度也令人震惊。而麦伦·科威斯基这个人物的原型，可以直接追溯到博尔顿·B. 罗伯茨，他是布朗克斯的著名法官。

《动物农场》

乔治·奥威尔

一

1945

　　出生在孟加拉的乔治·奥威尔直言不讳地批评政府权力过剩，他的社会主义思想来自多年见证大英帝国在印度的精英统治。奥威尔对社会主义的看法来自诚恳的思考，而不是教条主义的愚忠，因此他开始质疑苏联的体制。尽管国家的名字叫苏维埃社会主义共和国联盟，约瑟夫·斯大林的所作所为却很少能吸引奥威尔这样的国际社会主义思想家。参加西班牙内战期间，奥威尔见证了"极权主义的政治鼓吹是多么轻而易举就能控制民主国家里已被启蒙的人民的思想"。斯大林推翻了将权力分散给沙皇的半封建制度，自己当上了独揽大权的独裁者。这正体现了奥威尔的观察。奥威尔指责苏联政府正是如此，认为他们给社会主义带来非常负面的形象。

　　在《动物农场》中，拿破仑代表的就是约瑟夫·斯大林，雪球则是列夫·托洛茨基。弗拉基米尔·列宁统治时暴乱四起，盟友们开始争夺他的位置，斯大林和托洛茨基在其中脱颖而出。斯大林暗中操作，巩固权力，打败了托洛茨基，于1936年将其驱逐出俄国。斯大林统治时期，俄国笼罩着恐惧，饿殍遍野。为了确保全民支持，斯大林用托洛茨基当替罪羊，靠仇恨制造了团结。拿破仑就像斯大林，巩固权力驱逐了雪球，风车倒了之后，还说是雪球的错。关于用动物来表现主题，奥威尔写道："我看到十岁左右的男孩儿，赶着一匹巨大的拉车马，在很狭窄的道路上走着。马儿想转弯，男孩儿就朝它抽鞭子。我灵光一现，想到要是这样的动物明白自己有多大力量，我们人类根本无从控制它们。人类对动物的剥削，正如富人剥削无产阶级。"

《牧羊少年奇幻之旅》[1]

保罗·柯艾略

一

1988

　　"等我终于觉得自己可以着手写一本新书了，都会经历下面一个周期，持续两个星期到一个月，"保罗·柯艾略接受《卫报》采访时，"上床睡觉之前，我把一切计划得井井有条：早早起床，全情投入地写小说。但问题是：醒来之后，我就得上网浏览一番，浏览着浏览着就到散步时间了，回来之后我迅速地查一下邮件，不知不觉中就已经下午两点半了，该吃午饭了。吃完午饭我通常要雷打不动地睡个午觉，下午五点起床之后，我回到电脑前，再查一下邮件，去访问一下我的博客，看看新闻，然后就到

---

[1] 又译《炼金术士》。

晚饭时间了。到这个点儿，我已经为没有完成一天的任务而极端内疚了。晚饭后，我终于在桌前坐定，决定开始写作了。"第一行字比较费力，但很快我沉浸在各种故事和想法当中，神游到我从未想过要踏足的地方去了。老婆叫我去睡觉，但我不能睡，我得写完这一行，写完这一段，写完这一页……就这样一直持续到凌晨两三点。等我最终决定睡觉时，脑子里还是充满各种各样的想法，我就仔细地写在一张纸上。我知道，自己永远不会用到这些想法，只是想清空一下思绪。等我的头终于挨到枕头，又会发同样的誓：第二天我要早起，投入地写上一整天。但这根本没用：第二天我还是起得很晚，经历同样的循环。"写《牧羊少年奇幻之旅》的时候，柯艾略采取了完全一样的策略，他声称，自己只用了两个星期，就从头到尾写完了这本书。本书背后的灵感呢？根本没有。正如柯艾略所说，"这本书早已经刻在我的灵魂中了"。

《蝇王》

威廉·戈尔丁

—

1954

威廉·戈尔丁的作品《蝇王》，灵感来自 R. M. 巴兰坦（R. M. Ballantyne）和他的小说《珊瑚岛》（*The Coral Island*）。那本小说当中，海难之后，三个少年被困在一座小岛上。和《蝇王》一样，这本书的人物全是青少年，被困在异国他乡的岛上孤立无援；和《蝇王》不同的是，这本书里的孩子们面临的矛盾冲突全都来自外部因素，而戈尔丁作品中的矛盾冲突却是思想堕落的产物。据说，戈尔丁创造的拉尔夫、猪崽子和杰克这三个人物，正是来自巴兰坦的拉尔夫、彼得金和杰克，戈尔丁也用类似的名字承认了这种借鉴。戈尔丁甚至还明确地在书中提到了珊瑚岛。小说结尾处，海军军官在关于孩子们追逐拉尔夫的对话中提到，"真是一场好戏啊，就像《珊瑚岛》"。

《为欧文·米尼祈祷》

约翰·欧文

一

1989

"我的一个朋友，突然提起一个让我脑子里一片空白的名字，拉塞尔什么的，"欧文回忆，"我的另一个朋友提醒我说，在主日学校[1]，我们经常把这个瘦小的男孩抬起来玩儿。他跟我们同龄，都是八九岁，但个子太小了，我们可以把他在头顶上传来传去。我很吃惊，说了一句这辈子最蠢的话：'他那么小，怎么去越南啊！'

---

[1] 主日学校，又名星期日学校，是 18 世纪末至 19 世纪上半期，英、美等国为工厂做工的青少年在星期日进行宗教教育和识字教育的免费学校。

我的朋友们满怀怜悯和担忧地望着我：'约翰啊，'其中一个说，'我想他还是会长个的吧。'那天晚上我躺在床上辗转难眠，想着'如果……'的问题，我的每本小说都是这么开始的。万一他没长个呢？这是我那天晚上想的问题。"主日学校的那一幕将会被写进书里，而这段回忆中的人，就成了约翰·欧文的著作《为欧文·米尼祈祷》中主人公的灵感来源。

欧文想要捕捉越南战争给他这一代带来的生理与心理上的重大影响。生理影响从战死到为了避免征兵而自残，心理上的影响有失去战友，服役的亲朋好友死去等。"那恰恰就是我所要寻找的，"欧文在对耶鲁大学学生发表演讲时说，"这场战争的受害者，但不是你见过的那种从越南回来的受害者。欧文·米尼绝对是战争的受害者，因为我们的国家一直都是那场战争的受害者……你最不希望面对的，就是失去一个同龄的朋友。而我一直在失去同龄的朋友。如果你失去了同龄的朋友，真的能改变一生。"欧文认为，不一定只有去参军服役的人才是越战的受害者，再加上了解到拉塞尔战死的消息，于是写出了《为欧文·米尼祈祷》。

《一抔尘土》

伊夫林·沃

一

1934

"（这部短篇小说的）想法来得挺自然的，我去访问了一个独居者……事后想想，他要囚禁我是多么易如反掌啊，"沃写道，"这个短篇写完发表以后，这个想法还在我脑子里打转。我想探究假如有这么一个囚犯的话，他是怎么到那里的，最终发展成对其他种类的家庭暴力的研究，以及文明人如何困在其中，陷入无助的困境。"

《一抔尘土》的灵感来自沃的短篇小说《喜欢狄更斯的男人》（ *The Man Who Liked Dickens* ）。写这部小说之前，一个叫克里斯蒂先生的南美男人告诉他："我知道你要来。上面警告我，让我提前预知了你接近我的情景。"那天晚上，二人共进晚餐，席间克里斯蒂提到"第五王国"，还说他见过那里的情景。沃被困在博阿斯维塔多日，因为无聊就开始写那个短篇，部分内容就是基于最近的经历。

评论家西里尔·康诺利（Cyril Connolly）提到《一抔尘土》中的自传因素，说"只有这本书明白，如果消除了无辜者（视角中看到的）一个事件的情感，将会产生多么真实的恐惧"。启程旅行南美之前，沃努力想调节自己婚姻中的矛盾，妻子告诉他，自己爱上了两人共同的朋友约翰·赫卡特，这件事令夫妻关系分崩离析。书中似乎并没有沃的前妻和已经断交的朋友的影子，但有很多人物原型都来自他现实中的朋友。托德先生的形象来源于克里斯蒂先生；梅辛格博士很像 W. E. 罗斯，沃本想和他一起深入南美腹地旅行的，但后来打了退堂鼓；特蕾莎·威特雷的灵感来源是与他进行柏拉图之恋的特蕾莎·强克曼。最开始，这本小说在 1934 年的《时尚芭莎》（*Harper's Bazaar*）杂志上连载了五期，也在同年晚些时候以书的形式出版。

书名《一抔尘土》来自 T. S. 艾略特《荒原》（*The Waste Land*）中的一句诗："我会用一抔尘土，向你展示恐惧。"小说展现的虚空感，也在艾略特包含这句诗的诗作中有所反映，诗题叫《死者葬仪》（*The Burial of the Dead*）。

《蒂凡尼的早餐》

杜鲁门·卡波特

—

1958

卡波特笔下的郝莉黛·戈莱特利（早期的草稿中叫康妮·古斯塔夫森）这个形象的灵感究竟来源于何处，一直众说纷纭，猜测不断。很多女性都声称自己是卡波特这个人物的原型，包括作家多丽丝·莉莉（Doris Lilly）和梅芙·布伦南（Maeve Brennan）、女演员卡罗尔·格蕾丝（Carol Grace）、社交名媛歌莉娅·温德比（Gloria Vanderbilt）和乌娜·奥尼尔（Oona O'Neill），以及模特朵莲丽（Dorian Leigh）和苏西·帕克（Suzy Parker）（这两位还是亲姐妹）。就连杜鲁门的母亲妮娜·卡波特都和郝莉黛有相似之处：两人都生于南方，离开丈夫来到纽约，与富有的男人们约会，从而获取较高的社会地位。除了杜鲁门的母亲之外，女演员琼·麦克拉肯（Joan McCracken）似乎是最有资格说自己是卡波特笔下"郝莉黛·戈莱特利"的人。麦克拉肯出演过音乐剧《俄克拉何马！》，郝莉黛也在该剧中唱了歌；麦克拉肯得知自己的哥哥在海外去世，深受创伤，情绪爆发，郝莉黛在《蒂凡尼的早餐》中也有类似的经历。

《无尽的玩笑》

大卫·福斯特·华莱士

–

1996

　　大卫·福斯特·华莱士从 20 世纪 80 年代中期的某个时候就动笔写《无尽的玩笑》了，但持续不断的进展是到 20 世纪 90 年代才开始的。接受《沙龙》杂志采访时，他回忆："我想写点悲伤的东西。我写过有趣的东西，写过沉重的东西，写过理智的东西，但从来没写过悲伤的东西。我还希望这个作品不止有一个主角。还要来句老生常谈：我想写真正有美国特性的东西，写写身在新千年临近的美国是什么感觉……这其中有特别悲伤的感觉，但和物理环境、经济和新闻里讲的任何东西都没有太大关系，更像是心里感觉到的一种悲伤。从我自己和朋友那里，从各种不同的途径，我都看到了这种悲伤。这种悲伤的自我显现，是某种怅然若失的迷惘。这是否是我们这一代特有的呢？我不得而知。"他想写充满人性的小说，能煽动读者的感情，也能给他们以启发和触动。接受《现代小说评论》的采访时，华莱士列举了他心中的小说应该做到的要点："真正的好小说，世界观尽可以黑暗，但也能找到某个途径，既描述这个世界，也能阐明在这个世界上生活的可能性。"

"我想写点悲伤的东西。我写过有趣的东西，写过沉重的东西，写过理智的东西，但从来没写过悲伤的东西。"

这部作品原名叫《失败的娱乐》（*A Failed Entertainment*），而大卫·福斯特·华莱士的新书名取自《哈姆雷特》第五幕第一场："哈姆雷特：哎呀，可怜的约利克！赫兄啊，我曾认得他！这家伙玩笑开不完，满腹想象力。他曾千百次地背我于他背上玩耍。现在回想起来，那是多么的令人憎恶、令人反胃。"这一幕中，哈姆雷特手中拿着宫廷小丑约利克的头颅，在那个浮夸的场景之下，实在是极尽讽刺。

《烟草经纪人》

约翰·巴斯

1960

在《烟草经纪人》中，约翰·巴斯回归了一种更古老的小说写作形式，不怕冗余，极尽讽刺，突出写作技巧，脱离了他过去作品惯有的现实主义。他之前的作品《漂浮的歌剧》（*The Floating Opera*）和《路的尽头》（*The End of the Road*），本来计划是"无政府主义"三部曲中的两部，而《烟草经纪人》却没有顺理成章地成为该系列的第三本书。相反，该书成了模仿之作，巴斯把模仿的目标对准了 18 世纪的教育小说和艺术家小说。《烟草经纪人》对《汤姆·琼斯》（*Tom Jones*）、《项狄传》（*Tristram Shandy*）和《风中奇缘》（*Pocahontas*）等著作都进行了改写，在那个时代来说是非常独特又令人难以置信的。不说别的，这样的经历对巴斯来说就是前所未有的，标志着他对后现代主义的发现。"回望过去，我想要大张旗鼓地宣布，我需要发现后现代主义，或者被后现代主义发现。"

关于书名[1]，巴斯应该感谢诗人埃比尼泽·库克（Ebenezer Cooke）。因为这个名字是他从库克 1708 年的同名诗作中借的。原题中的"sot-weed"一词，指的是烟草工厂，而"factor"则可以指中间人。关于这个主题，巴斯写道：《烟草经纪人》这

---

[1] 英文书名为 *The Sot-Weed Fador*。——编者注

个书名当然是从埃比尼泽·库克的原诗中来的……没人知道他埋葬在哪里。我为埃比尼泽编造了一个坟墓，因为我想书写他的墓志铭。"

《大象的眼泪》

莎拉·格鲁恩

—

2006

"其实我当时写另一本小说已经写了两个星期了，刚刚从夏威夷调研回来，"莎拉·格鲁恩谈到《大象的眼泪》背后的灵感时说，"我展开一张报纸，发现一张复古的马戏团老照片……底片真是能在同一时刻抓住数百人的大量细节。你能看到每一颗水钻，每一顶贝雷帽，丝袜上的褶皱，每一片叶状与羽毛的装饰。那时那刻，我突然想到，眼下的情况可是小说家梦寐以求的。真的，任何事都有可能发生，而且可信。我就开始戳那张报纸，说：'就这个，接下来我就写这个！'于是我就写了。"

由于格鲁恩很爱动物，对这个想法的执行就变得更容易了，她说："让我虚构的世界里充满各式各样的动物好像是自然而然的事，因为我的现实世界中就充满了动物。我坐在那里编故事的时候，它们一下子就出现了……（我养了）三只羊，亲自喂养，还有两匹马、四只猫和两条狗。"

《幸运的吉姆》

金斯利·艾米斯

—

1954

"这本书的构思（如果这个词恰当的话）早在1946年，我恰巧造访了诗人菲利普·拉金，他当时是莱斯特大学图书馆的员工。这个年轻人被各种各样面目可憎的人包围着，又因为种种原因不敢反抗——一切就摆在我眼前。而斯旺西大学所谓的贡献，只是让我了解到一切如何运行的信息：一个院系是什么样子的，注册主任是谁，负责什么，课堂是什么样的，考试的责任有哪些，等等。但这本书里无论多小的人物，没有一个是真正取材于斯旺西的。"

以上是金斯利·艾米斯谈到他花了数年才写成的《幸运的吉姆》的起源。他解释说："忙碌和懒惰很多时候都是并行的，战后我在牛津的第一年就是这样度过的，用来庆祝不再参军了。接着我就得努力复习准备期末考试了。在斯旺西，我花了点时间跟上沉重的课业，同时，我还有家庭责任，有妻子和两个前后脚出生的小孩。我根本没有可以写作的地方，唯一的要求其实就是一个能让我单独静下来的房间，多小都行。幸运的是，我妻子继承了一笔小小的遗产，我们在斯旺西买了栋房子，有这么一个房间，我立刻就开始写《幸运的吉姆》了。但进展也很缓慢：我要把原稿全部重写一遍。第一稿写得有气无力的，所以我给朋友们看，特别是菲利普·拉金，他看了两遍，给我提出了非常有用的建议。然后我又从头开始，那之后我也没再做过同样的事情。所以，我觉得拖这么久，不仅是因为外部原因，还因为我缺乏经验。"

《红色的英勇标志》

斯蒂芬·克莱恩

一

1895

在新泽西的湖景区和哥哥艾德蒙住在一起时，斯蒂芬·克莱恩迎来了事业上的起飞。1893 年，他低调出版了《街头女郎玛吉》（*Maggie: A Girl on the Streets*），反响平平。于是他又变成自由撰稿人，在纽约多家报纸都有文章发表。不写稿的时候，他就整天在朋友的工作室休闲放松，细细地读放在周围的很多期《世纪》杂志。很多阅读材料都与美国内战有关，克莱恩觉得这些作品都缺乏感情。"我觉得有些人没法在字里行间表达自己的感情，"克莱恩说，"他们说的话是够了，但是都像石头一样冷冰冰的。"

克莱恩觉得自己能给这些故事增添文采，决定亲自写写战争这个主题。他宣称，这个故事从他孩提时代起就在不知不觉中自我发展演变。1893 年，他开始写《红色的英勇标志》，用嫂子未出嫁时的名字给主人公命名。手稿有五万五千字，后来他进行了修改删减，在报纸上发表，这之后才作为小说出版。这个策略很有效。这本书共有七百多种不同的版本。到 1985 年 10 月，最终出版了五万字的手稿。

《奥德赛》

荷马

–

公元前 8 世纪末

　　学者马丁·韦斯特（Martin West）在《诗性灵感的东方面孔：希腊诗歌与神话中的西亚因素》（*The East Face of Helicon: West Asiatic Elements in Greek Poetry and Myth*）一文中指出了《奥德赛》和《吉尔伽美什》的重大相似之处，甚至可以看出，这部美索不达米亚地区的诗歌给了荷马很多的灵感。两部作品最大的相似之处就是诗中的英雄都一路旅行到世界尽头，据说能引导他们穿越死亡之地的女神们就住在那里。《奥德赛》中的女神是喀耳刻，《吉尔伽美什》中的女神是西杜里，两位女神都与太阳有关系。古生物学家奥赛尼奥·阿贝尔（Othenio Abel）认为，独眼巨人的来源和古希腊人发现大象头骨有关。既然之前没人见过这样的头骨，那么许多人都觉得那巨大的鼻腔通道是一个巨大的眼眶，这假设并不荒谬。

《漫长的告别》

雷蒙德·钱德勒

1953

无须多言，雷蒙德·钱德勒的《漫长的告别》是他最优秀的作品，也无疑是最带有他个人色彩的小说。写作这本书期间，他酗酒成性，抑郁成疾，妻子也慢慢缠绵病榻，于是他此后生命中的大部分时光都沦陷在醉醺醺的状态中。可能是想进行自我治疗，钱德勒把自己的某些方面融入了小说的两个人物当中，他们分别是罗杰·韦德和特里·伦诺克斯。令人感到愉悦轻松的是，韦德喜欢F. 斯科特·菲茨杰拉德，他和钱德勒有很多一致的文学兴趣；而比较阴暗的是，韦德是个酗酒的作家，不顾一切地想得到大家严肃的看待。他知道自己最好的作品很可能已经写出来了，很多评论家根本不拿他的爱情小说当一回事，而他想得到的，无非就是他们严肃的关注。

伦诺克斯和韦德与钱德勒一样，也是个酒鬼。但他代表的不是钱德勒的作家这一面，而是他"一战"时期服役的经历。但因为故事涉及的时间背景限制，伦诺克斯参加的是"二战"。尽管两场战争不同，留下的持续影响却类似，两个人感情上都没能完全恢复过来。伦诺克斯也在英国度过了大段时光（钱德勒本人则在那里长大、求学），喜欢英国的生活方式和交际往来。所以，对于作家和人物来说，迁往洛杉矶造成的冲击就更大了，二者都认为这个城市无论从文化还是微妙的差异上来说，都不尽如人意。

《漫长的告别》是钱德勒最后一部重要作品。书出版的第二年，他的妻子溘然长逝，导致他尝试自杀。被阻止之后，他便沉迷酒精，直到五年后去世。

《发条橙》

安东尼·伯吉斯

—

1962

安东尼·伯吉斯写在《发条橙》中的大部分内容，都来自他对20世纪60年代早期英国青年文化和青少年犯罪状况的观察。从国外回来以后，伯吉斯被文化的转变震惊了，重回故国，这里已经全然不复他走时的模样。不过，他决定写一本小说，则是基于多年以前的一出个人悲剧：妻子的流产。她被二战期间派驻英国的一群美国军人在喝醉后打了一顿，不久就流产了。

关于《发条橙》这个书名的灵感来源，伯吉斯没有说得很清楚。不过倒是经常提起相关话题。接受电视节目《三号机位》(*Camera Three*) 的采访时，伯吉斯说："嗯，这个书名的含义很不一样，不过仅仅是对某一代伦敦人而言。很多年前我听到这个词，一下子就爱上了，想把它用在什么地方，就变成了书名。这个词本身可不是我编造的。伦敦东部早就有句老话'像发条橙一样奇怪',我觉得这话不用解释了吧。现在嘛,我显然又赋予了它新的含义,其中暗含了新的维度。我隐喻了那些天然的、生气勃勃的、甜美的(也就是生命,橙子象征的生命)与那些机械的、冰冷的、井井有条的东西的交错。我用这种矛盾修辞法,用这个甜中带酸的词把它们结合在了一起。"

> "伦敦东部早就有句老话'像发条橙一样奇怪',我觉得这话不用解释了吧。"

这个回答让很多人倍感困惑,因为小说出版之前他们根本没听说过什么老话。伯吉斯还在《发条橙:玩儿音乐》(*A Clock Work Orange: A play with Music*)一文中写道,这个书名是个隐喻,隐喻"一个汁水充足、味道甜蜜、芳香四溢的天然有机体,被变成了机械"。

《承认》

威廉·加迪斯

1955

"回归到浮士德和最初的不洁之灵的故事,《承认》就是我们所知的第一部基督教小说(还记得我当时认为自己这本将是最后一本),"1987年接受《巴黎评论》采访时,威廉·加迪斯如是说,"他去寻找拯救、救赎之类的。我当时的观点就是,写作《承认》,要基于过去的持续存在,以及过去所带来的种种不同形式的迷思,最终归结到所有文化中共有的那些故事上去。他们好像给意大利版起的书名是《朝圣者》或者《朝圣》之类的。从某种意义上来说，的确是这样的：通往救赎的朝圣。"

加迪斯这部文学成就最高的代表作一开始只是想仿效歌德的《浮士德》，但他最终写了七年，这期间他去了墨西哥、中美洲和欧洲，写作的内容和文字也因此受到影响。说起这部小说的起源，他说："首先可能是因为年少气盛、信心爆棚，觉得什么事都办得到，就像《皆大欢喜》告诉我们的，'年轻人凭着血气和痴劲做出来的事，总是很出色的'[1]。《承认》一开始是很短的作品，有点儿没头没脑的，但基础是浮士德的故事。等我开始写造假的故事后，这个造假的概念虽然没到让我走火入魔的地步，至少也成为我所见所思的一切的核心部分。所以这本书从简单描写造假的中心人物，扩展到讨论造假这件事情，讨论随处可见的价值观的扭曲与贬低等问题。现在再来看这部作品，检讨种种不足，我想冗余可能是最大的缺点。我还记得克莱夫·贝尔1913年出版了他那本很不错的小书《艺术》，三十五年后再回头看，把所有的缺点都列出来，觉得写得太志得意满，太咄咄逼人，甚至太乐观（我可从来没被批评过乐观！）。不过，他还是觉得'有点嫉妒写出了这本书的那个大胆的年轻人'。"

加迪斯在写作《承认》的时候，也和一批作家一样，把对自己比较严厉的反省写入了著作当中。加迪斯用于反省的人物就是奥托。爱

---

[1] 《皆大欢喜》是莎士比亚的四大喜剧之一，原名 *As You Like It*。此句原话为 "All's brave that youth mounts and folly guides"。

斯米这个人物的灵感则来自著名诗人兼画家谢莉·马蒂内利（Sheri Martinelli）。他还把理查德·尼克松（Richard Nixon）[1]以牧师迪克的形式写进了书中。加迪斯写完这部作品之后，又等了五年才拿去出版，这期间又进行了多次增删修改，最后的手稿有四十八万字。

《随风而来的玛丽阿姨》

P. L. 特拉弗斯

—

1934

P. L. 特拉弗斯创造了玛丽·波平斯这个广受欢迎的人物，据说她有一篇不那么出名的短篇小说，里面写到了带给她有关这个人物灵感的真人真事。不过这个传闻一直没得到证实。1977年，特拉弗斯接受英国广播公司电台的采访，宣称这个人物的名字来自她小时候读给妹妹们听的童话故事，但没有说明这个名字背后的人物灵感来自何处。看起来灵感似乎来自她的姑姥姥海伦·摩尔赫德，又称萨斯姑姥姥。她经常说些口头禅，比如"麻溜儿的，上床"等等。特拉弗斯写道："她有着不同寻常的特别，而她外在的行为和内心的自我之间有很显著的差异，这令我深深着迷。"特拉弗斯口中的萨斯姑姥姥有"一颗温柔到多愁善感的心"，而同时"外表凶残到像一只恶犬"。

---

[1] 理查德·尼克松（Richard Nixon），美国第三十四任副总统及第三十七任总统。

《裸体午餐》

威廉·S. 巴勒斯

一

1959

威廉·S. 巴勒斯的《裸体午餐》中包含了很多互相之间联系松散的故事，可以按照任何顺序来阅读。一般都把这样的故事称为"小品文"，但作者本人喜欢说他写的是"日常"。这些"日常"来自多年积累的笔记和写下的短篇。巴勒斯对《巴黎评论》说起相关的故事："我回到丹吉尔，开始整理多年来记下的大量笔记。这个书的大部分内容都是当时写下的。大概 1959 年前后我去了巴黎，带着一大摞手稿。吉诺迪亚斯很感兴趣，问我能不能两周之内写好这本书。这个时期我跟布罗[1] 关系很好，于是我从多年来积累的几千页手稿中，把这本书给整理了出来，差不多就是那样。"

巴勒斯对狂欢世界的着迷串联起了很多故事，因为很多人物都来自这样一个世界。"我想要创造的，就是那样一个狂欢世界。有着中西部小镇的特色，有着各种朴实的丑态，像民间传说一样，和我自己的背景基本相符。那个世界是美国社会不可分割的一部分，在别处也找不到，至少找不到形式相同的。我母亲是南方人，我外公是卫理公会牧师，带着十三个孩子四处传教。大多数孩子都北上去了纽约，做了很成功的广告人和公关人。我的一个叔叔是塑造形象

---

[1] 指画家布罗·吉辛，他是巴勒斯的密友，两人合作用"剪裁法"进行文学创作。

的大师，就是艾维·李，他是洛克菲勒的公关经理。"

巴勒斯当然属于"垮掉的一代"，和那些文学作品深受嗑药经历影响的作家一样，比如肯·克西（Ken Kesey）和杰克·凯鲁亚克。巴勒斯也并无不同，他对吗啡之类的毒品都上瘾，尤其是海洛因。毒瘾让他把自己也写进了书里，就是主人公威廉·李。他还带领读者走上一趟飘着海洛因味道的旅程，探讨了毒瘾（用巴勒斯的话说，这叫"需求代数"）这个主题。

毒瘾不仅让他的小说有了叙事基础，还催生了很多人物，比如"重金属小子"。"我感觉重金属是毒瘾的某种终极表达，"巴勒斯说，"毒瘾中有金属风格的东西，最终的阶段可不是什么素雅清淡的矿物质。不管怎么说，这一切都是越来越毫无生气的。你看，就像本维医生说的，我现在决定了那坨垃圾不是绿色的，是蓝色的。书中的有些人物是在梦里找上我的，比如长腿爸爸。一次，我在一家诊所里面做了个梦，梦见一个男人在简陋的诊所里，他在梦里的名字就叫长腿爸爸。很多人物都是那样在梦里找到我的，然后我就根据梦里的情形来发散这些人物。我经常把所有的梦记下来。"

"汉堡玛丽"这个名字也是一样。巴勒斯如是说："纽约有个地方就叫'汉堡玛丽'。一个朋友在那里给过我一些针管注射的吗啡。那是我第一次用吗啡，'汉堡玛丽'这个人也这么成型了。她是有真实原型的。我不想提那个人的名字，免得被人告诽谤。不过这位原型是个科学论派教徒，她从俄勒冈州波特兰的一家汉堡加盟店起家，现在有一千一百万美元的财产。"

对多种药物的上瘾还让他接触了自己想要描写的那个世界，也就是他口中的"地下世界"。"老派的小偷、扒手之类的人。他们都要消亡了，"他说，"这些老派人已经很少了。是啊，他们其实是演艺圈的。"

《裸体午餐》这个书名也可以追溯到与巴勒斯同属于"垮掉的一代"的同侪，因为是杰克·凯鲁亚克提出的建议。在小说的引言部分，巴勒斯写道："这个书名就是字面意思：裸体午餐，在一个凝固的时刻，每个人都能看到每把餐叉上叉着什么。"

《猜火车》

欧文·威尔士

—

1933

"《猜火车》是我非写不可的书。因为我要成为一个作家，就一定要完成这本书，扫除这个障碍，"欧文·威尔士写道，"当时我已经沉迷于文学有段时间了，做其他的尝试都失败了，心想要不试试写东西吧。但我首先得弄明白自己走的这条路和经历过的问题。我是个什么样的人？我能贡献什么样的内容？我明白自己永远也写不了通俗小说，我没那个能力写出正中市场下怀的作品。我可能会烦得哭，也太像我厌恶的那种正经工作了。我写东西必须是要表达自己、不遵循任何规则的。"

"看看多年来的笔记和涂鸦好像没什么好写的。我这小半辈子，顶天了也就是个平庸之才（我在公共部门做到了中层领导的位置），说得难听点，做人很失败。失败呢，是说我经常嗑药，戒了又复吸。我在另一篇文章里面详细说过这个问题，所以我决定从这个话题入手。"

虽然过着自认为"内心富有的生活"，威尔士却甘愿做贸易行业的各种零工，他认为，富有的人写作，而工人阶级读他们写的东西权作消遣。他有体弱多病的工人父母，把阅读作为逃避现实的途径。威尔士写道："我踏上搜寻之旅，从俄罗斯的文学经典到美国黑人文学，想要找到一个声音，以及与之契合的社会环境。看到威廉·麦克伊文尼那本《多彻蒂》（*Docherty*）时，我发现这种声音与社会环境就在我自己的家乡，在英国的埃尔郡。接着我又看了詹姆斯·科尔曼的《公车售票员》（*The Bus Conductor*）和阿拉斯戴尔·格雷的《兰纳克》（*Lanark*）。"

威尔士同意这些书中提出的主旨和原则，却仍然认为阶级战争的最后赢家无疑将是富人。他心中逐渐形成一种恐惧，怕英国最贫穷的地区会越变越穷。这种无助感与困惑迷茫给了他灵感，让他动笔写作。正如他后来写的："我开始写《猜火车》，是想描述我自己的生活与时代。写这本书的时候，我的生活状态和书中人物已经不一样了。我有一份好工作，结了婚，滥用药物的问题也基本得到了控制。迷幻音乐将我猛地推出这个舒适区，很快我就故态复萌，周末去嗑药放纵，觉得在那样的场合下浑身充满力量。但又形成一种新的反思，觉得这种狂喜的状态会慢慢消失，致使精神不振，情况恶化。我在神志不清的情况下，根据之前的笔记与日记写了个草稿。大概二十五万字，太长了，我就把结尾砍掉了，写了个（我觉得挺俗气的）仓促的收尾，想赶紧写完。我觉得这本书永远也不会出版。

但收到稿子的第一个人就把它出版了。我也不知道这本书被翻译成

了几国语言，在全世界卖了多少本，但我的余

生都只能听天由命地被称为'《猜火车》的作

者欧文·威尔士'。尽管我还写了更好的书，

希望能继续写下去。我只知道过去十年来，每

> "我这小半辈子，顶天了
> 也就是个平庸之才。"

年都会有两次版税送上门来，我就笑得合不拢嘴。所以，被称为'《猜

火车》的作者'也没那么糟糕。"

《推销员之死》

阿瑟·米勒

一

1949

　　"1935 年，我在密歇根写了第一个剧本。是春假的时候花六天写

成的。那时候很年轻，才敢干这样的事情，一周从头到尾写完一个剧

本。那时候也才看过两部话剧，所以根本不知道一幕应该有多长，但

酒店大堂对面有个给大学剧院做演出服的人，他说，'嗯，一幕差不多

四十分钟吧'。我写了很多很多，还设了个闹钟。'反正就是玩票，不

用太认真……'我当时就这么对自己说。写出来之后，发现每一幕都

比四十分钟要长，但从一开始，我心里就有了那么个把控时间的概念，

所以这个剧本从一开始就找对了形式。当剧作家一直都是我最大的理

想。我一直觉得，做剧场里的大师是最令人激动的，也是最难的。"

后来，这部剧本处女作给了阿瑟·米勒进一步的灵感，使他写出了《推销员之死》来探讨父子关系。不过，米勒没能从自己和父亲的关系中汲取素材，因为两人一直很亲密。"我写的剧里面都是很原始的关系，"他说，"父亲这个角色既象征着权力，又是某种道德准则的化身，他要么自己打破这种准则，要么成为其牺牲品。他就像一个巨大的阴影……我自己的父亲不是这样的，但我显然觉得他有这个立场。现在想想，我之所以能写出这种关系，就是因为我觉得这是某种程度上的虚构。如果我想着是要写自己的父亲，可能永远也写不出来。说真的，比起威利·洛曼，我爸真是个现实太多的人，在人格上也要成功得多。他绝对不可能自杀的。"

米勒没有写自己的父亲，而是把那些他并不了解的人作为洛曼的原型。他说："威利的原型是个我不怎么了解的人，他是个推销员。多年后我才意识到，二十年来，我和那个人见面的时间一共也就四个小时。他给我的显然也就是个基础印象。我脑子里想到他的时候，就是个无声的形象：他对我说的话加起来不到两百个字。我那时还是个孩子。后来，我又接触到一个人，他耽于幻想，总是忘记真正要做的事情。我一直清楚世界上存在那种痛苦，那种人内心总有种冲动，有种无法安抚的欲望，久久地纠缠于内心，挥之不去，无法阻挡。这种感觉像阴云一样笼罩着他，让他有时快乐愉悦，有时又想自杀，但从不离去。我们心中的悲剧主角心中都有这样的执念，不管是李尔王、哈姆雷特还是希腊戏剧中那些女性角色。"

《西线无战事》

埃里希·玛丽亚·雷马克

—

1929

埃里希·玛丽亚·雷马克的《西线无战事》很难得，难得在书中对一战服役时那种艰难，有时甚至是如受刑般的生活进行了完全准确的描写。大多数描写那个时期的小说都会对战争进行一种浪漫的处理，描绘英雄主义、正邪交锋的画面，却没有讨论战争到底会带来什么：很多人被迫为了国家上战场，没什么选择权，最后马革裹尸，战死沙场。

另外，雷马克这部著作是从一个德国士兵的视角进行的叙事，他被弹片击中，受了重伤，在一家德国军医院一直住到战争结束。小说还探讨了从战场回家的感觉。毕竟，战火中的见识和经历，没有亲临现场的人都无法想象。战士们回来之后普遍无法融入日常生活，但很少有人意识到这一点，大多数人都不知道这是一个多大的问题。

雷马克写《西线无战事》的目的，就是要准确描绘战争的图景，不对上战场这件事情进行任何美化。他为自己的反战立场付出了代价。20世纪30年代早期，希特勒和纳粹政权声势日渐壮大，雷马克受到"不爱国"的谴责。写了《西线无战事》的续篇之后，他感觉自己有生命危险，于是就和当时的妻子一起逃去了瑞士。但悲剧还是发生了，由于和作家有亲戚关系，雷马克的妹妹被纳粹军残忍杀害。

《远大前程》

查尔斯·狄更斯

—

1861

　　狄更斯在写给自己的传记作者约翰·福斯特（John Forster）的信中，详细阐述了关于一个新故事的想法：他要写一个年轻的主人公和一名罪犯交上了朋友，又因此间接地收获一笔钱财，接着又不得不放弃这笔钱，交给王室。后来，福斯特声称，狄更斯描述的这个主人公和罪犯就是皮普和马格威奇的雏形，《远大前程》的情节也围绕此二人发展而来。狄更斯自己创办了一部周刊《一年到头》（*All the Year Round*）。随着他的笔力有口皆碑，这个周刊也越来越受欢迎。而《远大前程》就分为三十六期在周刊上连载。对年长的狄更斯而言，这要投入很多时间和精力，但他一直十分严肃地对待此事。有一次，他带朋友和家人去坐船游览，表面上说是放松旅行，其实暗地里他一直在记录各个河岸的样子，以便准确地描述马格威奇逃跑未遂的场景。

　　《远大前程》发表之前，作家的同侪爱德华·布尔沃·利顿（Edward Bulwer-Lytton）劝他改改结尾，他说这个结尾太悲伤了。在写给福斯特的另一封信中，狄更斯写道："下面的消息可能会让你很惊讶，我改了《远大前程》的结尾，就是从皮普回到乔那里之后的故事……你应该知道，布尔沃特别喜欢这本书，他强烈建议我修改结尾。他看了校样，并且为这个观点提出了很好的理由，我也下定决心做这个修改。我尽可能地写得好一些，也毫不怀疑做了这个修改之后，故事会让人更容易接受。"可以肯定地说，狄更斯和布尔沃都很清楚自己在做什么。

《深夜小狗神秘事件》

马克·哈登

—

2003

在写给《卫报》的文章中，马克·哈登透露了一个令人意想不到的灵感来源：简·奥斯汀（Jane Austen）。他写道："最常出现在我脑海里的书就是《傲慢与偏见》。简·奥斯汀写的是那些无聊的人，过着极端无趣的生活……她笔下的女主角们的行为举止、出门去向和说话做事都要遵守铁律。她们的未来只有一个决定因素，就是嫁给谁。是嫁给男爵呢，还是会错爱上一个穿红色紧身裤的无赖，被丢弃在巴斯的某处公寓里？但就是这么单调的生活，简·奥斯汀却感同身受，写得好像其中充满无穷的乐趣。她感同身受的第一个行为，就是将这些女人的生活写进她们会看的浪漫小说里。我在《深夜小狗神秘事件》中也努力做到这一点。选择一种看上去似乎很可怕、很受束缚的生活，并且在主角会看的那种书（谋杀悬疑小说）中描绘这种生活，希望能够向读者们展示，如果你带着足够的想象力来看待这种生活，会发现其中有无穷乐趣……我写这本书首先是娱乐自己，而不是我记忆中六岁或八岁的那个人。其次，这本书有简练的语言、精心构思的情节，吸引你进入别人的生活。我想，这些可能就是本书能吸引很多年轻读者的原因吧。不过，我希望这本书的意义不止于此。它并不是处处都去迎合读者，读来也不完全是舒服的感觉。这本书写的是，我们和那些在街上匆匆擦肩而过的人之间并无太大区别，写的是接受所有人生都很有限的事实，逃离的唯一办法不是一走了之（去往另一个国家、建立另一段关系、减肥、寻找另一个更有信心的自我），而是学会爱自己本来的样子，爱这个让我们寻找到自我的世界。"

> "这本书写的是，我们和那些在街上匆匆擦肩而过的人之间并无太大区别。"

《弗兰肯斯坦》

玛丽·雪莱

—

1818

在 1831 年版《弗兰肯斯坦》的序言中，玛丽·雪莱抛出了一个问题："那时候，我作为一个少女，怎么会产生这么可怕的一个想法，还写成了详细的文字？"让她的想法成型的根源是毁灭与破坏。1815 年，坦博拉火山爆发，给地球的气候造成了深远影响：

人们经历了"火山冬季"，一直延续到 1816 年的夏天，这一年被称为"无夏之年"。雪莱和当时的男友去了瑞士的日内瓦湖，借住在拜伦勋爵的迪欧达第庄园里。天气太糟，他们只能待在室内，守在壁炉边烧柴烤火，靠鬼故事来打发时间。每个人都要写自己的鬼故事，雪莱写得很费劲，直到有天晚上，大家谈起生命这个话题。她提出可以把尸体复活作为一个主题。此后一整晚，这个想法一直在她脑海中挥之不去，这些都写在 1831 年版的序言中："我看到那个追随亵渎艺术的苍白之子跪在他组装的这个东西旁边。我

> "人们经历了'火山冬季'，一直延续到 1816 年的夏天，这一年被称为'无夏之年'。"

看到一个恐怖的男人幻影伸展四肢，然后凭借某种强大的引擎，显现了生命迹象，费力地、半死不活地动了起来。那景象一定非常骇人，而人们试图去嘲讽造物主那巨大机制时产生的效果，必然是最骇人的。"她动笔写作，一开始只是想写个短篇，后来拓展成了一部长篇小说，在 1818 年初以三卷的形式出版。直到 1831 年，才收录成完整的一卷。

《看不见的人》

拉尔夫·埃里森

一

1952

《时代》杂志的撰稿人罗杰·罗森布拉特（Roger Rosenblat）说：
"拉尔夫·埃里森教会了我如何做一个美国人。"埃里森成长在俄克
拉何马州，那里没有奴隶制的过往。20世纪初，年轻的非裔美国人
能在这里前所未有地畅行无阻。埃里森家虽然很穷，但仍然能上好
学校，享受良好的学术环境，从同学们身上找到学习的榜样。于是，
在俄克拉何马城，他借此了解了身边的多种文化。对这些文化的熟
悉，催生了《看不见的人》中的新现代主义。

埃里森的成长经历和同时期的文坛非裔美国同胞大相径庭，所以
他对全国普遍的现状没什么认识，他笔下的黑人主角不会是那种没受
过教育、满腹愤恨的人，而是受过教育、可以表达自己、能感受和体
验真正的黑人文化和传统的。埃里森写《看不见的人》，就是要给读
者们展示另一个世界，在这个世界里，爵士乐和布鲁斯音乐这样的非
裔美国文化是社会风俗文化的主流。《看不见的人》这个书名，指的
是当时非裔美国人的文化被忽略、被视而不见的显著事实。但埃里森
塑造的叙述者遇到的各种人，很快就给这个说法打上了问号。这个书
名还另有所指，非裔美国人在社会上总是没有发声渠道，所以是"看
不见的"。

《它》

斯蒂芬·金

—

1986

关于《它》的起源，斯蒂芬·金写道："1978 年，我们家住在科罗拉多的博尔德。一天，我们在一家商场的比萨店吃完午饭回来，那辆崭新的 AMC 斗牛士汽车的变速器掉了，真的掉了。就在珍珠街上，那个鬼东西掉了出来。在市中心一条繁忙的大街上，看着别人检查你的破车和下面那个油腻腻黑乎乎的东西，露出傻笑，这真是太尴尬了。两天后，大概下午五点，经销商打了个电话来，说都修好了，我随时可以去取车。经销商离我们大概五公里。我想打个出租，但最后决定走一走，这样对身体好。AMC 的店在一个工业园区，孤零零地伫立在一片荒芜的土地上，两公里开外的地方是个商业带，有一连串的快餐连锁店和加油站，那里就是博尔德东端。从那里延伸出一条没有路灯的窄路。等我走上那条路时，已经是黄昏了，山中的夜晚总是来得很快。我一下子清晰地意识到自己是独自一人。这条路走个大约五百米有一座木拱桥，有点奇异的古雅，桥下是一条小河。我过了桥。当时我穿着鞋跟已经很破旧的牛仔靴，踏在木板上的声音听得清清楚楚，像一座中空的时钟。我想起一个童话，'三只山羊'，想着万一桥下突然钻出一个巨人，问'谁在我的桥上乱走？'我该怎么办呢。就在那一瞬间，我突然就想写本小说，写一座真实的桥下真的有个怪物。我停下脚步，想起玛丽安·穆尔写的一句话，好像是'虚构的花园里有真正的蟾蜍'，而我把它换成了'虚构的花园里有真正的怪物'。好想法就像溜溜球，顺着绳子溜到最低端，但绝不会在那里完全停滞，只是仿佛稍稍打个瞌睡，最终会再溜溜地回到你的手掌心。接着我去取车，签各种文件，就忘了那个桥和怪物的事。但接下来的两年里，这个想法会不时出现在我脑海中。我想好了，桥可以作为'通道、通过'的某种象征。我又开始思考自己旅居过的班格尔，那里有条奇怪的运河，把整个城市一分为二。我就想，整座城市都可以是一座桥，下面藏着什么东西。城市的地下是什么呢？隧道、下水道。啊！这真是怪物藏身的好地方！怪物就应该住在下水道里！又过了一年。溜溜球仍然停在绳子的最低端，仍然在打瞌睡，接着，它溜溜地回来了。我又想起康涅狄格州的斯特拉特福德，我小的时候在那里住过一段时间。那儿有个图书馆，成人图书和童书区之间通了一截短短的走廊。我想，这条走廊也可以是一座桥，每个孩子都像山羊一样，要走过这座桥，就要冒长大成人的风险。大概六个月后，我又开始思考，这样的故事会出现哪些人物，怎么才能制造一种弹跳效应，让孩子的故事和他们长大成人后的故事交织在一起。1981年夏天的某个时候，我意识到，我要么动笔写桥下怪物的故事，要么就永久放弃《它》这个念头。"

《米德尔马契》

乔治·艾略特

—

1871

　　《米德尔马契》的大部分内容，都是乔治·艾略特从自己写的另一个故事中借鉴而来的，那篇小说名叫《布鲁克小姐》。1869 年 8 月，她正在写一个完全不同的"米德尔马契"，主角是利德盖特这个人物。但继子罹患肺结核，使她不得不中止写作。到 1869 年 10 月，继子终于被病魔打倒，去世了。同年 12 月，艾略特再次动笔，写的还是《布鲁克小姐》，但忍不住加入了很多《米德尔马契》的内容。虽然暂定名是"布鲁克小姐"，但最后这个故事融入了《米德尔马契》，成为今天为我们所熟知的小说。小说越写越长，不可能只出三卷本，于是艾略特的出版人建议，把整部小说分成八个部分，以双月的形式连载。连载开始后好评如潮，受到很多读者的催促，最后三部分还改成了每月连载。

《他们眼望上苍》

佐拉·尼尔·赫斯顿

—

1937

"美利坚的有色人种同胞们：要解决种族的大问题，就在佛罗里达的伊顿维尔安家吧，这是黑人自治的黑人城。"镇上的周报这样写道。这里是伊顿维尔，佐拉·尼尔·赫斯顿的家乡，也是《他们眼望上苍》中同名城镇的灵感。赫斯顿构建书中的大环境，并非只汲取了现实中伊顿维尔的特点，还借鉴了自己在伯纳德大学求学时期在南方游历和研究民俗文化的经历。甚至在描写飓风的时候，她也借鉴了自己的亲身经历：1928 年，一场飓风席卷佛罗里达，严重破坏了该州的基础设施。

书中珍妮和"甜点心"之间的关系貌似源于赫斯顿与一名男子的恋情。男子名为帕西瓦尔·庞特，和"甜点心"一样，比他的情人要年轻很多。庞特与"甜点心"的相似之处还在于，做爱时偶尔会跨越"支配"和"暴力"的界线。这段关系最后以闹僵收场。赫斯顿写道，她"努力去铭记（她）对他的激情中所有的温柔"。几个星期以后，趁对这段情事的种种回忆与琐碎的细节还记忆犹新，她坐下来动笔写《他们眼望上苍》。

《裸者与死者》

诺曼·梅勒

—

1948

写《裸者与死者》时，诺曼·梅勒借鉴了二战期间以第112装甲兵团成员参加菲律宾战役的经历。1964年，《巴黎评论》采访梅勒，问他是怎么想到要写这部小说的。他回答："我想在一部简短的小说里，描写一次长长的侦察。战争期间，我一直都在想着这个侦察的事。甚至在出国之前就萌生了这个想法。可能是被我之前读的几本战争小说激发的，比如约翰·赫西的《深入山谷》（*Into the Valley*）、哈里·布朗的《白昼进攻》（*A Walk in the Sun*），还有另外几本，我记不清了。我看了这些书，萌生了要写一部关于漫长侦察的小说的想法。于是我就开始创造各种人物。与此同时我也身在海外，亲身参与到这漫长的侦察中来。我甚至还主动请缨，进行了一次先遣侦察行动。毕竟，先遣行动都是要进行长时间侦察的。艺术一向是对生活的背叛。不管怎么说，动笔写《裸者与死者》时，我觉得要先用一两章的笔墨，给读者一个机会见见参加侦察之前的人物。但我一写就写了六个月，五百多页都写的是这之前的内容。还记得刚开始写这本书的日子，我心烦意乱，心想怎么用了这么久，这么多篇幅才写到侦察这个主题啊。"

梅勒详细阐述了他为写书做的准备："《裸者与死者》这本书，

我专门有个文件夹，里面全是笔记，还有属于每个人物的档案。很多细节都没有写进小说中，但这些补偿知识让我写起每个人物来更得心应手。我真的还做了图表，显示哪个人物还未和其他人物有过交集。《裸者与死者》表面上看起来是信手拈来，其实写得很刻意。我在哈佛学的是工程，这本书可以说是一个年轻工程师的作品。结构是很健全的，但是各个环节之间没有什么绣花一样的慢工细活，都像焊接和铆接一样简单直接。我的写作计划也非常简单。先让侦察排进行一些行动，这样读者就有机会认识每个人。不过，就像我之前说的，这个开头就占了本书的三分之二。侦察本身也很简单，但我还是提前进行了一些思考，力求好好地写出来。"

《麦田里的守望者》

J.D. 塞林格

一

1951

一段时间以来，塞林格都有意无意地在计划着自己的代表作。不过，他的第一部也是唯一一部出版的长篇小说，似乎有点他多年之前所写的短篇故事的影子。他写的《年轻人》（ *The Young Folks* ）中，能看到萨利·海耶斯的雏形；《麦迪逊街边的小乱子》（ *Slight Rebellion Off Madison* ）里有霍顿·考菲尔德——十年后，他在美国家喻户晓；《我是疯子》（*I'm Crazy*）也是从考菲尔德的角度讲述的一个故事，无论叙事风格还是主旨，都跟《麦田里的守望者》有某些方面的相似。

写作这部小说时，塞林格也借鉴了自己的一些经历来完整地构建有关霍顿的故事情节，其背景是在二战后，而不是塞林格所成长的 20 世纪三四十年代期间。和作者一样，霍顿也不怎么遵守纪律，所以他辗转换了很多所预科学校。不过，塞林格真的在 1934 年被强迫去了福吉谷军校，而书中的霍顿只是被他人威胁要去上军校。霍顿认识一个哥伦比亚大学的学生，而塞林格曾在那里上过创意写作课程，写下了《年轻人》。塞林格在字里行间脏话连篇，是为了反击战后国家对年轻人要遵守礼教的期待，而霍顿和塞林格（至少是曾经）都没能满足这种期待。

《达·芬奇密码》

丹·布朗

–

2003

构建《达·芬奇密码》时，丹·布朗参考了很多资料。但影响最大的莫过于玛格丽特·斯塔博德（Margaret Starbird）的著作了。她的作品主要描写天主教对"神圣女性"的压制。布朗说她的作品"让我特别感兴趣，因为其中融合了象征主义、神话、艺术、纹章

学、心理学和福音传教史"。有人问斯塔博德，丹·布朗有没有联系
过她。斯塔博德说："他大概在 2003 年 5 月初给我发过一封邮件，
那时候他的书刚刚登上畅销榜榜首。他告诉我，好多媒体向他询问
抹大拉的玛利亚的信息，他不知道该怎么应对。于是就把这些问题
都发给了我。"斯塔博德关于耶稣和抹大拉的玛利亚合为一体的著作，
是《达·芬奇密码》的主要灵感之一。

《美声》

安·帕契特

2001

安·帕契特写《美声》，是因为她在新闻中目睹了利马危机[1]几个
月以来的发展。危机开始于图帕克·阿马鲁革命运动（MRTA）的
恐怖分子挟持了一次聚会上的所有成员。这次聚会是日本驻秘鲁大
使青木森久为纪念明仁天皇诞辰六十三周年举办的。他们很快释放
了大部分与会者。一百二十六天后，秘鲁军方采取了军事行动，击
毙了全体恐怖分子，一名尚未释放的人质也不幸丧生。

《美声》和利马危机情节上的重合不言而喻，这个故事的基本框
架就是直接取材于这次恐怖袭击的。有人问帕契特，这次恐怖袭击
有什么特别之处，让她想到要写这部小说。她回答："嗯，我的所有

---

[1] 又称"日本大使馆人质危机"。

小说都有个共同的主题，人们因为某种因缘际会聚集在一起，形成某种形式的大家庭小社会。他们自发地抱团。所以，我在看这个事件的新闻时，就好像在看我自己的某本小说在慢慢发展，立刻就被这个故事吸引了……我看着这一切在新闻中的进展，心想，利马的事情也太像歌剧了。而我的书有百分之九十八都是虚构的。这个故事唯一缺失的就是一位歌剧明星，她要和大家待在一起。所以当个小说家比当记者好玩。你觉得这个故事急需一个歌剧演员，那就安排一个歌剧演员到故事中去。"

她正是这么做的。她根据卡罗尔·贝内特（Karol Bennett）塑造了罗克珊·科斯这个人物。"1990 年到 1991 年，卡罗尔和我都曾在拉德克利夫学院的邦廷研究所做研究员，"她说，"卡罗尔和罗克珊在外形上十分相似，都是身材娇小的女人，却非常引人注目。

> "你觉得这个故事急需一个歌剧演员，那你就安排一个歌剧演员到故事中去。"

卡罗尔无论走到哪里都是人群注目的焦点。仿佛不唱歌的时候身边也是仙乐飘飘。我非常崇拜她。好笑的是，如今比起卡罗尔，我对罗克珊要了解多了。为了写罗克珊的歌唱，我听的主要是芮妮·弗莱明（Renée Fleming）。我没有卡罗尔唱歌的唱片，就把芮妮·弗莱明的声音赋予了我的人物。"

《复活》

列夫·托尔斯泰

—

1899

列夫·托尔斯泰是和平主义者，赞成无政府主义，反对婚姻制度，他往往支持那些并不主流的观点和立场，这方面的名声几乎和他文学创作上的盛名并驾齐驱。他写在世纪之交的巨著《复活》更是致力于深入探讨这些观点，书中重点揭露了贵族阶级的不公和传统主流宗教的伪善。这本书一开始是以每周连载的形式发表在《尼瓦》（*Niva*）杂志上。而托尔斯泰其实把出这本书的稿酬用作重建基督教灵修教派杜克波尔派，该教派追求内心的灵性，却不从属于任何机构，这样的思想得到托尔斯泰的推崇。他还努力去推广"乔治主义"这一经济哲学，该思想的核心是赞成土地不私有，从土地产生的任何价值都进行平等分配。

《布罗迪小姐的青春》

缪丽尔·斯帕克

—

1961

在《布罗迪小姐的青春》中，缪丽尔·斯帕克写了大概六个十岁小女孩，都是"布罗迪帮"的成员。这个小组的女孩子们都很优秀，她们是布罗迪小姐这个从不循规蹈矩的老师的学生。布罗迪小姐自称"正值青春"，教这些女孩子懂得爱情、旅行和文化，让她们在学生中脱颖而出。布罗迪小姐的性格至少有一部分是源于斯帕克过去的老师克里斯蒂娜·凯伊。斯帕克曾经写道："我们的脑海里全是奇妙的幻想，因为克里斯蒂娜·凯伊的教室里发生的一切，都如戏剧一般充满了诗意。也正因为如此，这位老师才让我们难以忘怀。"布罗迪那些闪闪发光的好品质都有凯伊的影子，当然也在一些奇怪的方面有所体现。凯伊会在教室的墙上挂文艺复兴时期的艺术品，也会挂墨索里尼等意大利法西斯分子的画作。

《金钱：绝命书》

马丁·艾米斯

—

1984

有人问马丁·艾米斯是怎么开始写一本书的，他回答："通常对一本小说如何写成的那种设想，在我看来完全就是在描述作家文思阻塞的情况。人们普遍认为，作家走到非常绝望的一步，坐在桌前，列出一个人物名单、主题名单、情节框架，然后煞有介事地去融合这三个因素。其实，从来就不是这么回事。真正的写作过程，就是纳博科夫所说的'悸动'。要么是一阵悸动，要么是微光一闪，作家发现了什么，感觉到了什么。在这个阶段，作家会想，啊！这个东西，我可以写篇小说。如果没有这个发现的时刻，我不知道作家该怎么办。有时候，这个想法、这个悸动、这点微光之所以会吸引你，可能没有其他原因，只能说是命中注定，你的下一本书一定会写这个。你可能暗中惊骇不已，或者充满敬畏，甚至面对这个灵感望而却步，但最后却跨越了这些障碍。你会觉得安心，又有一本书可以写了。这个想法可能非常有限，只是某时某地出现的某种情况或某个人物。比如，开始写《金钱：绝命书》的时候，我脑子里想的就是一个大块头的胖子在纽约，想拍一部电影。有时候，关于一本书的想法纷至沓来，你就像走上了一段旅程，走着走着，情节就展开了，你跟随自己的直觉就好。两条看上去一模一样、似乎都走不通的土路，你必须要选一条走下去。"

马丁的父亲是荣获布克奖的著名小说家金斯利·艾米斯爵士，他也耳濡目染，小时候就喜欢文学。他的继母，小说家伊丽莎白·简·霍华德带他阅读了简·奥斯汀的作品。在牛津大学埃克塞特学院英语系，他从一个"特别没有希望"的学生，到逐渐名列前茅。从那儿毕业以后，他在《泰晤士报文学增刊》找到一份工作。父亲作为一个颇受评论界青眼的作家，对马丁进军文学领域有很大的推动作用。但金斯利一直对儿子的作品不怎么感兴趣。马丁说："我完全记得他是在什么地方把《金钱：绝命书》甩到空中的。那个叫'马丁·艾米斯'的人物就是这么产生的。"金斯利认为，作家不应该跨越虚构和现实的界限，儿子这么做就是自私。话虽如此，和著名作家生活在一个屋檐下，对于在这个领域有追求的新人毕竟有百利而无一害，马丁自己也承认这点。"我要说清楚，这对我只有促进作用，"他说，"说来有趣，他可能比我更难过些，过了很久我才意识到这点。如果我有个宝贝儿子也走上写作这条路，我不知道自己会是什么感受，但我知道，我对那些更年轻的作家基本上都是文人相轻的感觉。"

艾米斯想在《金钱：绝命书》中反映他作为一个英国人来到美国的亲身经历。这种题材在当时的文学作品中并未得到很好的表现。他说："英文小说里有那种古板清高的英国人，出了国，看到什么都震惊不已。嗯，约翰·塞尔夫压根儿不是这样，他全盘接受了富有美国特色的一切，如鱼得水地生活在那里。当然有些事情也让他有点儿惊讶，比如救护车上的计费表。我个人是很喜欢纽约的。不过，在我带着老婆孩子去了那里之后，态度一下子就变了。我心里就想，哦，一个人的话，这里很棒，但是拖家带口就很难轻松了。在这个神经过敏的城市，人人都像上了发条一样不停旋转着。有些人承受不了，就要崩溃，要失控。在纽约的街头走一走，你会觉得这是常态，是规则，就该这样。不过，如果你推着婴儿车，里面有个四个月大的小孩，一切就好像在执行任务。在科德角，我对美国的爱消耗殆尽，即使我体验的已经是最好的科德角。"

罗恩·盖雷德这个人物有两个大相径庭的起源：这个名字（Lorn Guyland）是想要嘲笑纽约人说"长岛（Long Island）"时的发音，而人物本身的灵感来自科克·道格拉斯（Kirk Douglas）——艾米斯为电影《土星三号》（Saturn 3）写剧本时，曾经与其共事。

《奥斯特利茨》

W. G. 塞巴尔德

—

2001

塞巴尔德能写出《奥斯特利茨》，是因为 BBC 的一档电视节目《苏西怎么了？》。这档节目追踪了贝奇霍夫家三岁双胞胎苏西和洛特的真实故事。"二战"前及期间，人们组织了难民儿童运动，从德国撤离犹太儿童。苏西和洛特就在运动中被送到伦敦。她们的养父母给了两人新的名字，把过去的记录抹得一干二净，好让两姐妹重新开始。洛特三十五岁患脑瘤去世时，苏西发现了自己的亲生父母一个是纳粹士兵，一个是在奥斯维辛被毒气活活熏死的犹太女人。她想知道自己到底是谁，来自哪里，接下来的寻根之旅为她带来了巨大的创伤。这个故事给了塞巴尔德灵感，创造出雅克·奥斯特利茨这个人物，他的经历几乎和苏西一模一样。

《锅匠，裁缝，士兵，间谍》

约翰·勒卡雷

一

1974

  20 世纪五六十年代期间，约翰·勒卡雷曾经在英国特勤处和秘密情报局做事，他的间谍小说也大量借鉴了他在该领域的亲身经历。最突出的作品，就是《锅匠，裁缝，士兵，间谍》，写的是英国特勤处发现了"剑桥五组"间谍的事。当时勒卡雷还在做情报工作，大卫·克伦威尔这个人物的原型就是他自己，比尔·海登的原型则是一个双面间谍基姆·菲尔比。勒卡雷在情报部门工作到 1964 年，结束工作的原因很大程度上是菲尔比把自己的身份透露给了俄国人。

《北回归线》

亨利·米勒

一

1934

1964 年《巴黎评论》采访亨利·米勒，问起他写书的过程，作家回答："伟大的作品都是谁写成的？不是我们这些留了名的人。艺术家是什么样的人？是有灵敏触须、知道去感受和运用广阔宇宙和大气中流动气息的人，他只不过生来就有探寻这些气息的设备罢了。有谁的作品又是完全原创的呢？我们所做的一切、思考的一切，早已经存在了，我们只是一种表现的介质，仅此而已，我们就是利用那些已经存在于空气中的东西而已。为什么全世界不同的地方总会同时产生伟大的想法和科学发现？同样，形成一首诗、一本出色的小说或任何艺术作品的元素早已存在于空气中，只是发不出声音而已。它们需要一个人，一个解读者，把它们说出来。"

米勒在他这本突破性的小说中发出了这个声音，这本小说里推动情节的最重要因素，就是他的声音。"在那之前，"他说，"你都可以说，我是个彻头彻尾的衍生派作家，被所有的人影响，接纳一切的语气，有一切我所爱的作家的影子。可以这么说，我是个被文学造就的人。然后，我成了一个与文学没有关系的人：我把捆绑自己的绳索剪断了。我说，我只做自己能做的事，只表达自己的本心。所以我用了第一人称来叙述，所以我写的是自己。我决定从自己的经历出发来写作，写自己的所知和所感。从中获得对自己的救赎。"

《铁皮鼓》

君特·格拉斯

—

1959

"小时候，我是个撒谎精，"1991年接受采访时，君特·格拉斯回忆，"好在妈妈喜欢我说的那些谎。我总对她做特别美好的承诺。十岁的时候，她说我是培尔·金特[1]。她会说，培尔·金特，你给我讲了这么精彩的故事，我们要去那不勒斯什么的……我很早就开始把自己编的谎话记下来。现在还在这么做！十二岁的时候，我开始写小说，写的是卡舒比人，多年以后也出现在《铁皮鼓》中，奥斯卡的奶奶安娜（我自己的奶奶也叫安娜）就是卡舒比人。但写第一本小说时我犯了个错误，所有出场人物在第一章结尾时就死光了。我写不下去了！这是我写作的第一个教训：谨慎对待你的人物。"

二十五岁时，格拉斯开始写《铁皮鼓》，是想要对轻易就陷入纳粹蛊惑的德国人表达嘲讽和不屑。"只有失去故土的人，才会想念故土，"他说，"我写《铁皮鼓》的部分原因，是想反驳某些人的观点，

---

[1] 易卜生小说《培尔·金特》中的主角，纨绔子弟，有着放浪、历险和辗转的生命历程。

他们认为这些失地还能收复。我的父母对阿登纳[1]的谎言照单全收，他说，'给我投票，你们就能回到故土。'"

《小人物日记》

乔治·格罗史密斯 / 威登·格罗史密斯

—

1892

格罗史密斯家的两兄弟很小就在马戏团表演。当年他们一个十七岁，一个才十岁，就表演了一部话剧，滑稽版的《哈姆雷特》。乔治比威登年长七岁，成年以后逐渐成为有名的钢琴小品表演者，受到评论家的青睐，同时也拿到几次出演影视作品的机会。写小品曲目和登台表演的间隙，乔治和弟弟一起为《潘趣》（*Punch*）杂志写小品文。刚成年时他追随父亲，成为"弓街地方法官俱乐部"的一名法庭书记官。而小品文的主题都是取材于他做这份工作时遇到的人。1892 年，这些小品文被结集成书出版，书名就叫《小人物日记》。

---

[1] 指康拉德·阿登纳（Konrad Adenauer），联邦德国首任总理。

《龙文身的女孩》

斯蒂格·拉森

—

2005

科尔多·鲍斯基（Kurdo Baski）为《每日邮报》（*The Daily Mail*）撰文，提到自己和《龙文身的女孩》作者斯蒂格·拉森的友谊。他回忆拉森少年时期的一段经历，说那是拉森这部作品和其中主题的主要推动力。他写道："然而，对拉森写小说影响最大的事件之一发生在1969年的夏末。地点是瑞典北部于默奥的一个露营地。他就在那个城市长大。我一直有意不去写那天发生的事情，但要交代来龙去脉，这次是躲不过去了。这件事情对斯蒂格产生了极其深远的影响，成为他很多作品中阴郁的主旨。就在那天，十五岁的斯蒂格目睹了三个朋友强奸一个女孩。那个女孩也叫莉丝，与他同龄而且相识。女孩的惨叫令人心碎，但他没能挺身而出。他太维护自己的朋友们了。他年纪太小，怕的太多。后来他逐渐意识到，自己本来可以采取行动，阻止那场强奸发生。几天后，罪恶感缠身的他联系了那个女孩，哀求她原谅自己的懦弱和无动于衷。而女孩满腔怨恨地说不接受他的解释，'我永远不会原谅你'，她咬牙切齿地说。那是斯蒂格给我讲的最糟糕的回忆之一。看他的样子，很明显，女孩的话一直在他耳中回荡，就算他已经写了三部关于被侵犯、被强暴的脆弱女性的小说。他写这些书，也许并不想求得原谅，但你可能会在字里行间感觉到这是他作品背后的推动力。因此，他小说中的女性有着独立的思想，有自己的办法。她们斗争，她们反抗。他希望现实生活中所有的女性都能像她们一样。"

《沙岸之谜》

罗伯特·厄斯金·柴德斯

1903

早在 1897 年，罗伯特·厄斯金·柴德斯就对德意志帝国日益膨胀的权力心生警醒。同年，他开始巡航波罗的海，从中得到了《沙岸之谜》的灵感。小说的中心主题是英国备战的过程。柴德斯感觉英国的武器太落后了，等到"未来爆发冲突"时，将会成为致命的弱点。1897 年他在波罗的海乘坐"雌狐"号游艇，一路沿着东弗里西亚海岸航行。他的航海日志上写满了关于德国新式海军设备的信息。总有人说是柴德斯启发英国修建了罗赛斯海军基地，这个传说并不属实，但在第一次世界大战开始时，海军情报局局长确实招募了他去做下属。

《化身博士》

罗伯特·路易斯·史蒂文森

—

1886

"一天凌晨,(……)我被路易斯惊恐的喊叫惊醒。我想他是做噩梦了,于是把他叫醒了。他怒气冲冲地说,'你吵醒我干吗?我正梦见一个特别好的恐怖故事呢'。我在第一个转场就把他吵醒了。"传记作家格拉汉姆·鲍尔弗(Graham Balfour)曾提到罗伯特·路易斯·史蒂文森的妻子说过这番话。这大概是这部小说的源头。

史蒂文森的作品总是在展现善与恶的相互影响,因为他长期沉迷于研究人性的种种不同。毫无疑问,这本第一幕出现在梦中的小说是他的代表作,梦到这一幕之后,他就不停笔地一直写到结尾。在这之前,他还写过一部话剧兼短篇小说,题为《马克海姆》。史蒂文森的继子写道,"我想,《化身博士》这种伟大著作在文学史上是前无古人的。他写这本书的状态,我到现在还记忆犹新。路易斯跑下楼来,还发着烧,朗读了将近半本书的内容。我们还震惊不已的时候,他已经离开,忙着继续写去了。我怀疑第一稿三天不到就写完了。"

写这本书的过程中,史蒂文森基本上都在生病,先是发烧,后来发展成内出血,到第一稿完成时,他已经卧床不起。他的妻子总会先去读他的第一稿，在他修改之前做些批注。她写了条批注说，这本书其实是以故事形式表现的伟大寓言。据说，读到这句话，史蒂文森就把整部手稿都烧毁了，让自己想救也救不回来。他又从头开始，这次他采纳了妻子睿智的建议，写成了一个寓言故事。在药物的支撑下，他的第二稿写了六天，在这期间史蒂文森的健康状况毫无改善。不过，他的继子写道："光是身体上的付出就十分惊人了，这对他非但没有造成伤害，反而让他情绪高涨，达到言语无法表达的欢欣鼓舞。"

"路易斯跑下楼来，还发着烧，朗读了将近半本书的内容；我们还震惊不已的时候，他已经离开，忙着继续写去了。我怀疑第一稿三天不到就写完了。"

哲基尔博士这个人物的灵感可能来自史蒂文森的朋友尤金·尚特雷勒博士（Dr. Eugene Chantrelle）。他平时一派温文尔雅的风度，结果却因为毒杀妻子被判死罪，而且据说还犯了其他的谋杀罪。随着审判的推进，作家愈发感到震惊。他所熟悉的这位朋友，一点也看不出来是个杀人犯啊！哲基尔这个名字则来源于史蒂文森的另一个朋友，沃尔特·杰基尔牧师（Reverend Walter Jekyll）——他是景观设计师格特鲁德·杰基尔（Gertrude Jekyll）的弟弟。

《总统班底》

卡尔·伯恩斯坦 / 鲍勃·伍德沃德

—

1974

卡尔·伯恩斯坦和鲍勃·伍德沃德产生写《总统班底》的想法时，觉得这本书应该围绕"水门事件"丑闻和一系列有关事件展开。然而，他们听说罗伯特·雷德福（Robert Redford）[1]有意买下这本书拍电影时，就决定改一下重点，多着墨写写他们在此次丑闻中的调查行动。是的，这两位搭档在20世纪70年代早期为《华盛顿邮报》工作时，进行了大部分关于"水门事件"丑闻的原创报道。

这个书名来自关于"蛋头先生"（Humpty Dumpty）的童谣："国王有马队，国王有班底 / 蛋头碎了却再也拼不起。"这个书名暗指，"水门事件"的录音带一旦公开，尼克松就必须辞职，无论怎么努力也无法挽回。

---

[1] 罗伯特·雷德福（Robert Redford），美国著名导演、演员。

《寻找顾巴先生》

茱蒂丝·罗斯纳尔

—

1975

20世纪70年代早期，茱蒂丝·罗斯纳尔已经在业界有了很大的影响力，她已经成功出版了三部小说，拥有一大批拥趸和追随者。很多人想让她为自己供稿，其中就有《时尚先生》（*Esquire*）的专栏作家诺拉·艾芙隆（Nora Ephron）。她请罗斯纳尔为该杂志的一期女性特刊写篇文章。罗斯纳尔同意了，选取的题材是同年早些时候的女教师罗斯安·奎因被杀一案。

这场谋杀发生在1973年的元旦，奎因从自己在纽约住的公寓出发去街对面的酒吧。她在那里遇到一个男人，把她带回自己的家。两人抽了大麻，还想做爱。杀人犯约翰·韦恩·威尔森供述，他无法勃起，遭到嘲笑。奎因叫他离开公寓，他拿起一把刀，朝她捅了十八刀。两天后，学校的一位教师同事发现她没去上班，有点担心，就去公寓看她，结果发现了尸体。

《时尚先生》担心这个题材读者接受不了，如果刊登可能会产生一些法务上的节外生枝，所以把这篇文章撤掉了。但罗斯纳尔对这件事仍然抱着浓厚的兴趣，自己继续去研究调查，并且写成了一本书。

《夜访吸血鬼》

安妮·赖斯

一

1976

1970 年，安妮·赖斯的四岁女儿米歇尔被诊断出患有急性粒细胞白血病。那时候，赖斯正在旧金山州立大学上创意写作的研究生课程。两年后，病魔折磨下的米歇尔去世，安妮陷入重度抑郁，终日沉迷酒精，放弃了学业。直到 1973 年，在丈夫的一个学生鼓励下，她才重拾笔墨，把四年前自己写的一个短篇进行了扩展。她白天针对书的主题做调查研究，晚上写小说，五周后，原来只有30 页的小说变成 338 页的《夜访吸血鬼》。克劳迪娅这个人物的部分灵感来源于赖斯去世的女儿米歇尔。

《高尔基公园》

马丁·克鲁兹·史密斯

—

1981

"你怀有不切实际的期待……你高估自己的个人力量。你觉得自己孤立于社会。你经常突然兴奋又突然悲伤。你不信任那些最想帮助你的人。你即便在代表权威的时候,也反感权威。你觉得自己是所有规则的例外。你蔑视集体智慧。你认为对的东西是错的,错的东西是对的。"这段话描述的是"悲情异端"综合征,是马丁·克鲁兹·史密斯在《高尔基公园》中虚构的一种精神疾病。史密斯创造这种病症是为了讽刺苏联政府,强调当时政府的行事不合逻辑,自相矛盾。他们给苏维埃政府的异见分子贴上精神病的标签,以此来消解西方文明和政府体制倡导者的合法地位。

《时间的皱纹》

玛德琳·英格
—
1963

英格在《安静的圆圈》(*A Circle of Quiet*)中写道:"我们驱车经过沙漠、孤峰和寸草不生的群山,这个世界对我来说是全新的,显得那么奇异。突然间,几个名字闯入我的脑海,'啥太太''谁太太''哪太太'。"这个灵感产生于 1959 年的春天,她和家人一起花了十个星期的时间,以露营的方式环游全国,之后举家从康涅狄格搬去了纽约,好让父亲在表演界试试水。这次旅行实现的一年前,英格已经发誓再也不写东西了,她觉得自己一个四十岁的女人,就算投入再多的时间,付出再多的努力,也无法以此为生。然而这次旅行让她灵感迸发,再度开始写作。旅行之后大概一年,她完成了《时间的皱纹》。这本书稿被出版商拒绝了超过 25 次,但在 1962 年,法劳·斯特劳斯·吉罗出版公司(FSG)最终出版了这部小说,很可能是因为英格在科幻小说中塑造了女性主人公。

《钟形罩》

西尔维娅·普拉斯

—

1963

1963年，《钟形罩》首次出版，作者用的是假名"维多利亚·卢卡斯"。这是西尔维娅·普拉斯的第一部也是唯一一部小说，出版后一个月她就自杀了。据她丈夫说，1961年，她的诗集《巨人》（*The Colossus*）刚刚出版后，普拉斯就开始写这部小说了。她和丈夫分居，自己搬去了一间比较小的公寓，"这样她就有了属于自己的时间和空间，可以不停歇地写。然后，她就以最快的速度，在删改很少的情况下，从头到尾地写完了《钟形罩》。"他说。这部小说曾经的书名是"自杀者日记"，有半自传体的性质。其中出现的名字和地点都来自普拉斯现实生活中认识的人、去过的地方。而主人公埃斯特逐渐陷入抑郁的经历，也与普拉斯的亲身经历类似。

《献给阿尔吉侬的花束》

丹尼尔·凯斯

—

1966

《银河科幻》(*Galaxy Science Fiction*)杂志找到丹尼尔·凯斯，请他写个故事的时候，作家早就胸有成竹了。他给杂志交了篇幅比较短的一版《献给阿尔吉侬的花束》。对方要求他改一下结尾，让故事更轻松些。他拒绝了，把稿子转投给《奇幻与科幻》杂志。变成长篇小说之后，故事依然面临着同样的问题，双日出版社也希望他能修改结尾。凯斯再次拒绝了。这本书又吃了几次出版商的闭门羹，最终在1966年由哈考特公司出版。

《献给阿尔吉侬的花束》的起源可以追溯到1945年，凯斯的父母坚持认为他应该以医学为终身事业，但他对写作的兴趣却要浓厚得多。他苦苦挣扎着，想要达成二者的平衡，同时还要维护与父母动荡的关系。这个过程中凯斯想到一个有趣的概念：如果一个人的智力能得到高度提升，会发生什么呢？

> "等他回到学校时，已经完全失智。他不认字了，恢复到曾经的状态。真是让人心碎。"

20世纪50年代，他给一群特殊的学生教英语时，这个概念慢慢成熟了。其中一个学生从常规班转入特殊班，他开始目睹该生的智力发生了严重的退化。用他自己的话说，"等他回到学校时，已经完全失智，他不认字了，恢复到曾经的状态。真是让人心碎。"还有个学生问他，要是他努力学习，变得聪明一点，能不能准许他去上常规班。这些交流让凯斯进一步思考，提高智力的科学程序应该如何进行。

创造小说人物时，凯斯也借鉴了自己的亲身经历。故事里好几个人物都脱胎于他的日常生活。负责规划手术的科学家内莫尔和斯特劳斯，原型是凯斯在学习精神分析时遇到的研究院教授。"阿尔吉侬"这个名字来自诗人阿尔吉侬·查尔斯·斯温伯恩，他最出名的作品是《诗与歌谣集》（*Poems and Ballads*）。

《红色羊齿草的故乡》

威尔逊·罗尔斯

一

1961

"孩子，"他的父亲说，"只要不放弃，任何事情开了头都能做到的。"威尔逊·罗尔斯一开始对文学并不感兴趣，直到母亲给他买了杰克·伦敦的《野性的呼唤》。他从这本书中汲取了灵感，后来写了人与狗之间羁绊情深的故事。罗尔斯觉得自己做不到，父亲却鼓励儿子大胆寻梦。

在墨西哥和爱达荷州做建筑工作时，罗尔斯把手稿放在父母家中。遇到未婚妻以后，他把这些文字全烧了，因为不想让她觉得自己是个没能达成梦想的废物。最终，他向她坦白了。在爱人的鼓励下，罗尔斯花了三周时间，根据记忆重写了整个故事。依旧对自己的作品毫无信心的罗尔斯，把完成的手稿给了爱人之后就离开了，一直对她避而不见，给她留足了时间读完。他给她打电话，做好了充分的心理准备被她痛批一顿。结果，电话那头的她却说，"你马上给我回来，我想跟你聊聊……这真是我这辈子听过的，最美妙的狗与男孩儿的故事。"他采纳了她的建议，扩写了原稿，整个故事没有加任何标点符号。最后妻子帮他打字整理好终稿拿去发表。

《迷魂谷》[1]

杰奎琳·苏珊

—

1966

很多人认为杰奎琳·苏珊的《迷魂谷》写的是真人真事，而作家本人写这本书，是要实现多年以前给自己定下的一个目标。她对娱乐业一直很感兴趣，比如，她曾经试过和自己的演员朋友碧翠丝·科尔（Beatrice Cole）写一本关于这个世界的小说，书名叫《可丽饼之下》。之后，她又萌生了另一个想法，想写一本书叫《粉红洋娃娃》，详细地写写和娱乐业密切相关的毒品和吸毒。这些想法最终没有实

---

[1] 又译《纯真告别》。

现，为《迷魂谷》让了路。

迪恩·马丁（Dean Martin）[1]、朱迪·嘉兰（Judy Garland）[2]、艾索尔·摩曼（Ethel Merman）[3] 等鼎鼎大名的明星都是苏珊书中人物的灵感来源，更佐证了这本书写的是真人真事这个理论。对于这一点，苏珊说："他们一直那么说。反正这么一来书只会卖得更好。我倒是无所谓啦。"很多人说这本书大部分是基于她自己的真实生活，苏珊说事实并非如此，她坚称这个主题是她先想出来的，然后再注意去观察自己每天碰到的人，看谁比较符合书的主题，就写一写。

《士兵的重负》

蒂姆·奥布莱恩

_1990_

作家蒂姆·奥布莱恩谈到自己为什么写《士兵的重负》时说："我想写一本虚构小说，让读者觉得书里的事情真正发生过，或者说，在某种程度上，就在他们读书的时候，正在发生。所以，我使出了浑身解数，虚构、对话、用我自己的名字，还表明这本书就是献给

1　美国歌手、演员、电视主持人、喜剧演员、电影制作人，活跃于20世纪50到70年代。

2　美国演员，歌唱家。活跃于20世纪20到60年代。

3　美国百老汇歌星，舞台剧、电影演员。活跃于20世纪30到60年代。

书中人物的，这样能让读者有种见证者的体验。我当过兵，出征过越南，但书里的故事大部分都是虚构的。不过，虚构也是来源于我曾经所熟知的那个世界。"奥布莱恩后来承认，这本书是他在越南当兵岁月的回忆录。这也不算令人惊讶，因为他把自己都写进故事里了。

《欲望号街车》

田纳西·威廉斯

—

1947

田纳西·威廉斯原名托马斯·拉尼尔·威廉斯三世（Thomas Lanier Williams III）。他于1911年出生在密西西比州哥伦布市，父亲是个酒鬼，母亲则总是歇斯底里。他和家人经常搬家，每次搬家几乎都让他父亲的酗酒问题更为严重，母亲的恐慌发作越来越频繁。十年内搬了十六次家，这种飘摇不定的生活让威廉斯和姐姐罗斯结下了深厚的感情。最终，姐姐成为威廉斯最亲密的朋友。十几岁的时候，威廉斯就小有名气了。他在全国写作大赛中拔得头筹，作品在《时尚》（*Smart Set*）杂志上发表。他进入密苏里大学学习新闻，并开始写剧本，这要部分归功于他在福克纳、沃尔夫和泰特等南部文学巨匠的书中获得的灵感。不过，他没能读到大学毕业，因为储备军官训练课程没有及格。作为惩罚，父亲强迫他辍了学，去一家制鞋厂工作。

在制鞋厂做了三年工后，威廉斯又被圣路易斯的华盛顿大学录取。大学的一个剧团演出了他写的两部剧作。接着他又转学到爱荷华大学，在那里学习期间，罗斯开始受到精神疾病的折磨。她做了脑前额叶切除术，结果手术失败，她余生都只能住在医院里。心碎的威廉斯在毕业后从一个城市漂泊到另一个城市，最后去了纽约，剧作事业取得进一步的成功。1944 年，他的《玻璃动物园》(*The Glass Menagerie*) 首演，好评如潮，这也预示了之后发生的事情：仅仅三年后，威廉斯就写出了《欲望号街车》。这部剧的人物和故事情节，显然都借鉴了他自己的亲身经历。几位中心人物的大部分性格特点似乎都来源于他自己、他母亲和罗斯，而史丹利·考沃斯基这个人物则和他父亲有相似之处。关于抑郁、酗酒等主题，也让人忍不住联想起威廉斯的现实生活。

《广岛》

约翰·赫西

—

1946

约翰·赫西有过很多人一辈子都无法有所见闻的经历，他能写出《广岛》，也是因为曾在《生活》(*Life*) 及《纽约客》两本杂志做过战地记者。他跟随约翰·F. 肯尼迪穿越所罗门群岛，亲历意大利和西西里的战争现场，之后去了太平洋战场。一年后，美国向日本投了两颗原子弹。此次事件之后不久，《纽约客》派他去采访见证者，让他根据他们的话写点关于此次核爆的文章，所以他早早地看到了当时的广岛。

《纽约客》把赫西这篇三万字的文章刊登在"城中话题"（*Talk of the Town*）专栏，结尾处附上几行文字：

致读者：

本周的《纽约客》把整个社论版面让给一篇文章，文章写了一颗原子弹几乎让整个城市完全毁灭，以及城中的人们经历了什么。《纽约客》之所以这么做，是因为确信还有很多人并未完全理解这种武器的破坏力有多么惊人和可怕，希望每个人都花点时间，想想使用这种武器意味着多么恐怖的后果。

——编辑部

文章立刻收获了十分积极的反馈。那期《纽约客》刚刚上架几个小时，杂志就需要加印。各大广播电视台播送了朗读版，人们被这个惊人的故事迷住了。文中以熔化的眼球为视角，描绘了满目疮痍的毁灭场景，那是很多人前所未见的。

文章以书的形式出版之后，大家开始感觉到酸楚和难过。他们逐渐意识到，美国把整整两座城市从地球表面抹去了，而城市里都是些无辜的民众，和太平洋上的战争没有任何关系。不过，有个盛行全美的言论，说日本人也感谢这两枚原子弹，它把全国人民从可怕的政府手中解救了出来，这倒是给他们减轻了一点负罪感。但大家也意识到，世界有爆发核战争的可能了，到现在这也是悬在全世界头上的阴云。《广岛》的目的达到了：恳切真实地表达战争的恐怖。

《好奇的乔治》

汉斯·奥古斯都·雷 / 玛格丽特·雷

1941

　　《好奇的乔治》的故事要从汉斯和玛格丽特·雷的关系说起，这对夫妻共同创造了这只全美国最爱的小猴子。两人都出生在德国的犹太家庭，于1935年成婚后搬去法国，在那里他们创造了乔治。当然，这只小猴子的原名不叫乔治，而是"非非"（Fifi）这个法国名字，因为它在法国诞生，是"法国猴"。一开始，它只是汉斯画的一张草图，后来在一位出版商的建议下，夫妻俩让乔治（非非）做了一本童书的主角，利用自身的经历创造了这只小猴子的历险记。这只出生在法国的小猴子一开始并未在法国主流市场取得很大的成功，直到夫妻俩从法国移居美国。他们俩别无选择，因为纳粹的军队日益迫近，法国的陷落迫在眉睫。汉斯和玛格丽特只得骑着自行车逃到一艘船上，带着手稿漂洋过海。

《太阳照常升起》

欧内斯特·海明威

一

1926

《太阳照常升起》的大部分内容都来源于 1925 年海明威在西班牙潘普洛纳为期一周的一次旅行。当时海明威刚刚爱上斗牛，而那座城市正在举行一年一度的斗牛比赛。1923 年，海明威和妻子哈德利·理查德森（Hadley Richardson）首次体验了"奔牛节"，玩得非常开心，决定第二年再来。海明威作为《多伦多星报》海外记者驻扎在巴黎时，夫妻俩四处旅行。海明威也希望能利用现实生活中的经历来写小说。正如海明威本人所说，只要"杜撰出来的文字比记忆更真实"，虚构的小说就可以建立在真实经历的基础上。

> 正如海明威本人所说，只要"杜撰出来的文字比记忆更真实"，虚构的小说就可以建立在真实经历的基础上。

第三次去潘普洛纳时，海明威有了写这部小说的灵感，经历了和书中类似的感觉。同行的人中有个离婚不久的成员达芙，海明威钟情于她，也越来越嫉妒刚刚与达芙有一次浪漫旅行的男子哈罗德·洛布。到那一周结束时，两人打了一架，这很像海明威小说中写的那场争斗。与此同时，年轻的斗牛士卡耶塔诺·奥多涅斯给海明威的妻子献上了他刚刚杀掉的公牛的耳朵。他就是书中人物佩德罗·罗梅罗的原型。对此，海明威说，"斗牛场里发生的一切都是真实的，而场外的一切都是虚构的。尼诺明白这一点，他从来没有过任何怨言。"

一开始海明威只是想写一部关于斗牛的非虚构作品，后来又觉得自己那个星期所经历的事情应该变成一部小说。那年晚些时候，他写了十四个章节，到 1926 年，这部小说完成了。

《城堡》

弗兰兹·卡夫卡

—

1926

弗兰兹·卡夫卡从未想过要出版《城堡》，他明确地说过，死后请人烧掉他的作品。但他的朋友曼克斯·布罗德（Max Brod）没有遵循他的遗愿，还是出版了他的作品，包括未完成的《城堡》手稿。1922 年，卡夫卡致信布罗德，提到要放弃这部小说，以后也不会再续写，所以问世的版本戛然而止，没有结局。1922 年 1 月，卡夫卡开始写这部小说。他当时在捷克斯宾德勒慕赫的一个山中度假区，很像小说中描写的环境。

《所有我们看不见的光》

安东尼·多尔

—

2014

2014 年，安东尼·多尔接受"好读"网站（Goodreads）的采访，对方问他，激发他写《所有我们看不见的光》的灵感，是不是"你难道不想在去世之前好好活吗？"他回答："确实。我母亲是个科学老师，她在我生命中有很重要的地位。我上的是她任教的学校，经常和她一起驱车走很远的路。我们住在俄亥俄郊区一个小镇上，在克利夫兰市外，叫诺沃蒂。我在克利夫兰高地一家采用蒙特梭利教学法[1]的学校上学，所以我们每天要开五十分钟的车去学校。她总在教我们各种各样的知识。我到现在还清晰地记得她给我们上的重要一课，讲的是地质时代。她还让我们拿了厕所的卷纸铺开，把不同的时代列出来，比如寒武纪什么的，然后去思考人类能在这条'厕纸地球时间线'上的什么位置生存。当然啦，最后你会发现，人类出现在最后一个部分，而且是最后一个部分的最后一块区域。而且，如果这条微观的时间线一直拉到厕纸最后区域的底端，你就会发现，那时候你也生存不了了。我还记得，这样的课程会让人觉得自己很渺小。还会觉得，我们能来到这个

---

[1] 蒙特梭利教学法旨在通过生动丰富的日常生活教育、感官教育、数学教育、语言教育和科学文化教育等内容，培养孩子自觉主动地学习以及探索精神。

地球上，是多么奇妙的事情啊。生命是一道微光，我应该在这微光燃尽之前，让它尽情地燃烧。想想地球上曾经有过的物种，百分之九十九都已经灭绝了。人类又凭什么能幸免呢？这在我的成长过程中变成了我世界观的一部分：我们只是短暂地存活在这个星球上。我不信轮回转世。所以我们只有一次机会，能尽自己所能，去帮助别人，去感受、品尝和热爱万事万物。所以我做的所有事情，都有这样的情怀在其中。"

《奇迹男孩》

R.J. 帕拉西奥

2012

谈到写《奇迹男孩》的灵感，R.J. 帕拉西奥说："大概五年前，我在一家冰激凌店门外巧遇一个孩子，就有了写《奇迹男孩》的灵感。那个小女孩大概七八岁，就和我一起坐在商店门前一条长凳上，她在吃蛋卷冰激凌，身边还有妈妈和一个小伙伴，也可能是姐妹。我的大儿子在店里给我们买奶昔，而大概三岁的小儿子坐在婴儿车里，面对着我。他正在专心地玩什么东西。但我知道，只要他抬头看一眼，看到那个小女孩，做出的反应肯定会伤害那个孩子……我的大儿子拿着三杯奶昔从店里走出来，小儿子抬起头来看到了那个女孩，我赶在他歇斯底里地大哭起来之前，迅速站起来，把婴儿车转了一圈，抓住大儿子的胳膊，拉着他和我一起走开了，搞得他把奶昔都掉在了地上。我拉着两个孩子狂奔，尽量离那个乖乖的小女孩远一点，希望她没有注意到刚才发生的这一切。坦白说，我也不清楚她到底注意到没有，但我清清楚楚地听到她妈妈用最平静又柔和的声音说，'好啦，我们该走啦'。她这句话把我的心都揉碎了。我想回去跟她聊聊，道个歉，但想起刚才我们三个搞的那场闹剧，真是羞得无地自容，又觉得愧窘难当，所以连回头看一眼都做不到。对此我一直无法释怀，总是控制不住地去回忆整件事情的前前后后……那天我开车回家的路上，突然灵光一闪，想到要写这么一本书。我确信，要从有那样一张脸的孩子的角度来讲这个故事，我确信，这是个积极向上的故事，有关善良和善良所产生的影响。从某种程度上说，这本书对我是一种赎罪，让我从冰激凌店门口那一幕中解脱出来。直到今天，我还是后悔没有走回去跟那个小女孩和她妈妈聊聊。《奇迹男孩》就是我想对她们说的话。"

> "坦白说，我也不清楚她到底注意到没有，但我清清楚楚地听到她妈妈用最平静又柔和的声音说，'好啦，我们该走啦。'"

《相助》

凯瑟琳·斯多克特

—

2009

2009 年，凯瑟琳·斯多克特接受《时代》(*Time*) 杂志的采访时，谈到写小说《相助》的经历，"'9·11'的第二天我就开始写了。我当时就住在纽约，不能打电话，也没有邮件送上门。我和很多作家一样，开始用写作作为发声的途径。我非常想家，却不能给家人打电话报平安。于是我开始用德米特里的语气来写作，她是陪伴我成长的一位女佣。后来，她成了《相助》中的艾碧莲这个人物。我把故事寄给我妈妈看了，她就说，'嗯，不错啊'。不断写作的过程中，我发现艾碧莲还有些不太符合她性格设定的话要说。她本来年纪比较大，说话轻声细语，但越来越有自己的态度了。于是另一个人物明尼就出现了。不久，我就开始把这个故事扩展成一本书了。"

《特别响，非常近》

乔纳森·萨福兰·弗尔

一

2005

"我觉得不写（'9·11'）才是更大的冒险，"弗尔说，"如果你是我，一个纽约人，深受那次事件影响；一个作家，想要写那些自己有深刻感受的题材，那么，避开近在眼前的东西，实在要冒很大的风险。"乔纳森·弗尔是被一个朋友的电话惊醒，听他讲述来龙去脉，才知道'9·11'袭击事件的。听完以后，他说，"我想接下来将是奇怪的一天。"为什么要从孩子的角度来写一个围绕'9·11'发生的故事呢？弗尔解释说，他本来在写另一个故事，为了减缓自己对眼前这本书的厌烦，工作之余开始写这个故事。随着故事慢慢进展，他的工作重心也转移到这上面来，他觉得这才是有趣的主题、有趣的角度。

《兔子共和国》

理查德·亚当斯

—

1972

2007 年接受 BBC 采访时，对方问《兔子共和国》是怎么写出来的，亚当斯说："一天，我们去斯特拉特福德[1]看朱迪·丹奇[2]演《第十二夜》。我还没说什么呢，我八岁的大女儿就说，'爸爸，我们这趟要坐很远的车，要打发时间，你就给我们讲个全新的故事吧。要我们从来没听说过的，不要拖，现在就讲！'"

于是就有了《兔子共和国》的雏形，包括主角榛子和小多子。亚当斯每天晚上睡觉之前已经在计划明天的故事该讲什么，全情投入地去讲这个故事，于是女儿们求他把这些东西都写下来。他听了女儿们的话，于是 18 个月后就有了这部小说。

亚当斯曾在英国军队中当过供需员，这段经历对他讲好这个故事有很大帮助。他采用了很多战友的形象来塑造榛子队伍中的兔子。亚当斯说，"一共大概有十二三个人，组成了一个很强的小队，是我从来没遇到过的强大。除此之外，他们这个集体都对这本书很重要，因为后来我根据自己的记忆，用他们创造了《兔子共和国》中的榛子和他手下的兔子们。"给亚当斯影响最大的是约翰·吉福德少校

---

1 莎士比亚的故乡。

2 英国女演员，出演过《007》系列及《傲慢与偏见》等影片。

（Major John Gifford），他是这二百五十人队伍的统帅，也是小说主人公榛子的原型。亚当斯写道："他很安静，很利落，又非常谦逊。他是我认识的最没有架子的人了。对任何一个下属下命令，他都会加个'请''你能——'或者'我觉得你最好——'之类的敬语。他有时候也特别严苛，至少会让你觉得特别严苛，因为他这么安静的人，谴责别人的情况是非常少见的。而且大家都很尊敬他，一旦受到他的责备，就会觉得如鲠在喉。"

冲锋兔长毛这个人物的灵感也来源于一名士兵——帕迪·卡瓦纳上尉。亚当斯写道："帕迪做事都是跟着感觉走，要说他的脾气，完全就是大众认知中的伞兵军官。他天性善良，快乐活泼，慷慨大度，总是一副情绪高昂的样子……特别爱创新爱冒险，感觉他什么都不怕（当然包括跳伞）。有一次，他两腿一边绑一个工具包跳了下去，只是想给大家看看这是能做到的，还有一次他拿着一个很大的无线发报机跳伞。他手下有个喜欢欺负人的中士叫麦克道尔，两个人经常闹出一些乌龙事件。有一次，卡瓦纳要带兵穿过机枪扫射的地带，自己身先士卒给大家做示范。大概走了四百米，他让持枪负责掩护的麦克道尔瞄准近一点的目标。之后，他们发现空中作战服上有弹孔……有时候卡瓦纳和麦克道尔会拉开一个没用过的手榴弹，互相之间抛来抛去，直到其中一个把手榴弹甩到墙那边的大坑里，还要被骂'胆小鬼'！"

《血色童话》

约翰·杰维德·伦德维斯特

—

2004

约翰·杰维德·伦德维斯特以前在街头做过魔术和戏剧表演，后来也一直不温不火，直到2004年《血色童话》问世。故事重点是一个十二岁的男孩与古代吸血鬼之间的关系，发生的地点在斯德哥尔摩郊外的布雷奇堡，也是伦德维斯特的家乡。伦德维斯特很看重在自己的文学作品里表现自己成长的地方："那是我的小说处女作，在瑞典获得了意想不到的巨大成功。其实我一开始只不过是想写写我成长的布雷奇堡，斯德哥尔摩的郊区。我之前说脱口秀也经常讲布雷奇堡，有时候也为布雷奇堡编一些故事，老人之间互相抱团啊，那里的风貌之类的。我写自己的第一部小说时，思绪就回到了那个地方，要创造一个属于自己的布雷奇堡，让一个吸血鬼能在其中生存。在这个世界里，一个像十二岁小孩一样的吸血鬼能够存在。而且，我希望能抱着非常严肃的态度来写这个主题，完全摈弃一切附着于吸血鬼身上的'浪漫'幻想，以及我们早期看到的那些吸血鬼形象。我只想集中讨论一个问题，要是一个孩子永久地以十二岁小孩的形态存在，为了活下去只能到处去杀人吸血，那这个孩子的生活到底是什么样的？当然要完全抛开那些想象中浪漫的陈词滥调。我写着写着，就觉得这样的生活一定非常可怕。很痛苦，很卑劣，很孤独。因此，艾莉就是这样的形象。"

《刽子手之歌》

诺曼·梅勒

一

1979

和《巴黎评论》讨论《刽子手之歌》时，诺曼·梅勒说："我笑是因为你把这本书说得太好了。我写《刽子手之歌》的动机完全没有那么高尚。当时我因为巴洛克式的写作风格遭到很多批评，这让我心烦意乱。我当时就想啊，你们这些混蛋，觉得巴洛克风格很容易写吗？不，那是必须努力才能达到的境界，需要多年的苦练。你们这些人，成天谈的都是要精炼，要简洁，那我就写给你们看看。简洁真是小菜一碟，因为我有个完美的题材，于是就开始写了。那本书我引以为傲的地方，就是大概三分之二处加里·吉尔摩的信，那封信是全书写得最好的。我一字不差地引用了。到目前为止，我写的东西还没有任何一篇比得上那封信，因为那封信让人物活起来了，不管中间有什么阻隔，你眼前突然出现了这个活生生的人。他可能是大家眼中的废物，他可能以残忍的手段杀害了两个人，但摸着良心讲，他也有思想，有自己的文学风格，这些在那封信里全部显露了出来。"

"长期以来，我的一个基本观点就是，他们所说的'现实'，就像一座神秘的大山。我们这些小说家总在努力地攀登这座山。我们都是登山的人，问题在于，你要从哪一面进攻？每一面都需要不同的策略，有的需要你创造盘根错节的复杂内部结构，有的又需要你极尽简洁。可能就是因为这个，我想自己可以试试海明威那种风格。然而说实话，在文辞简洁这件事上，我完全比不上海明威。我对海明威相当欣赏，却不一定跟人物有关。我想，要是我俩碰上，对我来说该算一场小灾难了。但他以前无古人的风格告诉我们，英文到底能有多大的力量。"

《王子与贫儿》

马克·吐温

—

1881

马克·吐温沉迷于法国和英国的历史，几乎涉猎了与之相关的一切。19 世纪后半期，他遍游欧洲，途中读的书都是这个主题。那些关于过去岁月的字字句句让他灵感迸发，暂时搁置了《哈克贝利·费恩历险记》的写作，想要多探索一下这个新想法。他写道："我想让国王自己感受一下一些惩罚措施，让他有机会好好看看别人受刑是什么感觉，这样他才能清楚地感知当时法律的严苛。"吐温确实是这么写的。他的故事里有一个王子和一个平民，因为长得一模一样，互换了一段时间身份。正牌王子爱德华亲身经历了子民们的艰难生活，当上君主之后，他发誓要废除本国所有不公平的法律。

《灿烂千阳》

卡勒德·胡塞尼

–

2007

　　卡勒德·胡塞尼阐述自己选择《灿烂千阳》这个书名的过程时说："这几个字来自写喀布尔的一首诗，诗人叫赛比·塔布里兹，他是 17 世纪的波斯诗人。他去了喀布尔，印象很深刻，之后便写了这首诗。我当时在搜索关于喀布尔的一些诗歌的英文译版，想用在一个人物因为要离开自己所热爱的城市而悲恸之时。然后我就发现了这首诗。我一下子觉得，不仅为这个场景找到了最合适的诗歌，而且在诗节快要结束时出现的'灿烂千阳'几个字，实在也是一个能引起无数浮想联翩的好书名。诗歌原来是波斯语，英文译者是约瑟芬·戴维斯博士。"

　　胡塞尼也想说清楚，小说本身的目的，不是想让全世界都看看在阿富汗生活是什么样的体验。"对我这个作家来说，"他说："故事永远高于一切。我从来没有在心里只有宽泛的想法时就坐下来写作，当然也从来没有很严格很具体的安排。一个作家如果想要代表自己的文化，对他人进行相关的教育，那将是很沉重的负担。我写东西，总是从非常私人、让我倍感亲切的地方写起，写人与人之间的联结，再由此生发扩展。这本新书最让我着迷的，就是两位女性的梦与幻想，她们的内心世界，让她们走到一起的种种际遇，她们生存的决心，以及她们的关系不断发展，最后变得意义重大、充满力量，即便周边的世界分崩离析、陷入混乱。不过，真正下笔写起来后，我就亲眼见证了这个故事渐渐扩展，越写野心越大。我发现，要讲这两位女性的故事，就不可能不讲讲20世纪70年代到'9·11'事件之后的阿富汗。个人的际遇与历史的大背景难解难分。因此，慢慢地，阿富汗的动乱，以及这个国家不久前才遭遇的种种艰难困苦就不再只是模糊的背景了。而且阿富汗本身，说得更具体些是喀布尔这个城市，逐渐成为这部小说的一个重要角色。我觉得，其所占比重比在《追风筝的人》(*The Kite Runner*) 里要大。但那只是为了讲故事，并不是怀着什么社会责任感，要让读者了解我的故国如何如何。话虽如此，如果他们读完《灿烂千阳》，觉得故事很精彩，也对阿富汗过去三十年来的情况有了更多洞察和更微观的了解，我当然也会倍感欣慰。"

《愤怒的葡萄》

约翰·斯坦贝克

一

1939

《旧金山新闻报》（*San Francisco News*）刊登过一系列的文章，详细描述加州中央山谷农民工的生活。这些文章有共同的大标题，"丰收的吉卜赛人"，最终发展成斯坦贝克的著作《愤怒的葡萄》。一篇篇文章追踪着大萧条期间的农民工一路走来，这个主题一向让斯坦贝克很感兴趣，也影响了很多他的作品。30 年代那场黑色风暴迫使很多农民工迁徙到加州，造成劳动力过剩，工资极低，这是很特别的情况。斯坦贝克力图记录这些情况，研究这是否对加州文化有更大的影响。

另外，人们普遍认为斯坦贝克为《愤怒的葡萄》充实内容时，用了农业安全管理局官员萨诺拉·鲍勃的实地调查记录——她当时也想写一部小说，所以一路跟踪记录农民工们的经历。萨诺拉的上司把这些笔记给斯坦贝克看了，后者从笔记中记录的故事里汲取了灵感。

书名来自斯坦贝克妻子卡罗尔的建议，她很可能是借鉴了《共和国战歌》的一句歌词，"我的双眼看到上帝即将降临的荣光：他不停踩踏，就在储藏着愤怒葡萄的地方。他迅速的利刃上，命运的闪电已然释放，他的真理，即将降临世上"。这句歌词本身是从

《圣经》中来的，在"启示录"14:19到20章："那天使就把镰刀扔在地上，收取了地上的葡萄，投入神愤怒的大酒醡中。有人在城外踩踏着酒醡，就有血从中流出来，流到马的缰绳上，远至六百里。"

《1984》

乔治·奥威尔

—

1949

《1984》出版五年前，乔治·奥威尔写过一封信，间接列出了他写这本反乌托邦伟大经典的原因。信的开头写道："如果你问极权主义和偶像崇拜等现象是否真的在抬头，还举了例子，说这些现象似乎在这个国家以及美国没有什么明显的增加。那么我不得不说，或者说我认为忧惧的是，如果从全世界的整体环境看来，这些东西都在抬头。毫无疑问，希特勒是很快会消亡的，但代价是有些人的力量会壮大，第一是斯大林，第二是英美的百万富翁们，第三是戴高乐那种小国元首。世界各地的国家运动，甚至是那些本意要反抗德国统治的，好像都采取了不民主的形式，以某些神一样的元首为核心（希特勒、斯大林、萨拉查、佛朗哥、甘地、德·瓦莱拉都是很好的例子），并且言之凿凿地认为，为达目的可以不择手段。"

奥威尔注意到的是令人忧虑的趋势。世界各大国的政府正往经济集中的方向前进，在国内宣扬某种等级制度。在奥威尔看来，情况最终会演变成单极化的局面，创造一个"两三个超级大国彼此无法征服的世界"，而在这些国家中，"只要元首愿意，可以规定 2 加 2 等于 5"。这可能是奥威尔最主要的顾虑，客观事实遭到否认，就从某个国家否定自己的历史开始。他明白，准确的历史比起支持政府的言论根本不算什么，比如希特勒就曾宣称，是犹太人挑起了第二次世界大战。

奥威尔对世界上的一切力量都持有极悲观的态度，但也认为，同盟国军队还没有被极权主义掌控。他相信，英国能够在保持民主的情况下，往更为集中的政治体系迈进："那是对邪恶种类的选择，我想这可能是每场战争的核心。我很了解英国的帝国主义，虽然并不赞同，但如果是要反对纳粹或日本的帝国主义，那我是支持英国的，因为相比之下它还没那么邪恶。同样地，如果要对抗德国，那我会支持苏联，因为我认为苏联有不可能摆脱的过去，也保留了足够的革命初衷，所以比纳粹德国更有希望。自从 1936 年左右战争开始时，我就一直在想，我们走的这条路要更好些，但我们必须让它越来越好，这就需要持续不断地进行批判。"

《亡命之徒》

罗伯特·斯通

—

1974

"真他妈的难啊！"1985 年，罗伯特·斯通接受采访，如是评价自己的写作过程，"别人根本不在乎你到底写不写。你只能强迫自己去写。我很懒，也被懒癌折磨。当然啦，进展顺利的时候，世界上的一切都比不上这种快乐。但写作也是非常孤独的。如果你做着自己真正喜欢的事情，那么单靠自己就能进入一种狂喜的状态，真是太疯狂了。我还记得写完《亡命之徒》的某个部分，就是希克斯走完路那一节。当时是深夜，我在一个大学图书馆，别的地方都关门了，我呢，跟跟跄跄地含着泪走出来，自言自语，还撞到一个保安。"

斯通欣赏"垮掉派"的文字，自己也参与其中，他每次写小说都是不慌不忙，还经常提到，肯·克西（Ken Kesey）写两部小说的时间，他只能写一部。正是克西带斯通吸上了 LSD 致幻剂，后来斯通自己又开始吃别的致幻剂。他亲口确认，有些作品就来源于自己嗑药的经历，也提到某些人物的灵感来自"垮掉派"的同侪。讲到自己如何写出雷·希克斯这个人物时，斯通说："我对他并不了解。我也没有坐那辆巴士旅行过。我目送着巴士离开，等车再回到河滨大道时，我又去迎接。我们去参加了一个派对，凯鲁亚克、金斯伯格和奥洛夫斯都在，凯鲁亚克正是醉得最厉害的时候。那时候尼尔已经转而追随克西了，他对尼尔是妒火中烧。但尼尔也是醉得不省人事。我也见证了那辆车上拍电影，尼尔看上去很累很厌倦，对那群精力无限的孩子毫无办法。反正……派对上的凯鲁亚克醉醺醺的，而且很生气。我很理解。我对他说的第一句话就是：'你好，杰克，请问有烟吗？'他说，'我才不给你烟呢，哥们儿，街角就有一家药店，你自己去那里买包烟，别找我要啊'。我和凯鲁亚克的故事就是这样。"

《洛丽塔》

弗拉基米尔·纳博科夫

1955

　　纳博科夫写过一篇文章，题为《关于一本叫〈洛丽塔〉的书》，他在文中写道："根据我的回忆，最初的灵感微光似乎来自报纸上的一篇文章，写的是植物园里的一只猩猩，被某科学家连哄带骗几个月以后，拿木炭笔画出了世界上第一幅动物的画作，那是这可怜小东西笼子的铁栅栏。"这位俄国作家写的《洛丽塔》，从问世以来就一直是最富有争议的文学杰作，因为叙事者是亨伯特，他对比自己年轻太多的多洛莉丝·海兹充满了欲望。一开始，评论家们都集中于小说中的恋童癖因素，没怎么关注作者对文字的精湛驾驭。纳博科夫从亨伯特的角度来写，创造了一个不可靠的叙述者，让读者既憎恶又着迷。亨伯特就像植物园里那只猩猩一样，陷在自己无法控制的局面中，却又非常痛苦地对其有所感知。这个人物也和纳博科夫有一定的相似之处，比如都受过良好教育，精通多门语言。

《强震》

乔纳森·弗兰岑

—

1992

接受《巴黎评论》采访时，乔纳森·弗兰岑说："发生了很多事情。我出了第一本书，和妻子一起逃到欧洲，我们的婚姻越来越举步维艰。还有，也许不是巧合，我被宗教作家迷住了，特别是弗兰纳里·奥康纳和陀思妥耶夫斯基。我和妻子开始四处去寻访大教堂，欣赏中世纪的雕像和罗马教堂。《智血》《卡拉马佐夫兄弟》和沙特尔大教堂，这些都是宗教艺术，既超越了单纯的宗教，也超越了单纯的艺术。这是一个很有特色的门类，是美学与虔诚之心的独特结合。奥康纳和陀思妥耶夫斯基非常强烈地投入到人类的极端心理中，但总是带着非常严肃的道德目的。因为婚姻遭遇到一些障碍，我也被他们以极端情绪来追寻道德目的的行为吸引。我想象安静的生活遭到外部力量的搅扰，不夸张地说，造成了地动山摇。我想象那暴虐的一幕幕，撕扯掉一切的虚伪矫饰，人们愤怒地朝彼此吼叫着道德的真理。我很早就想到《强震》这个书名了。"

《莎拉的钥匙》

塔季雅娜·德·罗斯奈

—

2006

《莎拉的钥匙》这本小说有两条平行线索，围绕着"冬赛馆事件"[1]展开。塔季雅娜·德·罗斯奈讲到自己写这本书的经历："书是我十年前写的。墙会说话，这一点我一直很感兴趣。"我有一部小说就叫《墙的记忆》，讲的是巴黎乐拉敦路，正是 1942 年 7 月 16 日'冬赛馆事件'发生的地方。我发现自己并不了解那天的种种细节。70 年代我上学的时候，学校没有讲过这次事件，这也似乎是大家都闭口不言的禁忌。所以我就自己去查资料，发现了很多令人惊讶和震怒的相关信息，特别是那四千个犹太孩子的遭遇。我知道，一定要写写其中的故事。于是我就想，今天的茱莉亚和四十年代的莎拉产生了某种联系。通过茱莉亚在现代社会的遭遇，我能够揭露六十年后冬赛馆事件留给法国的禁忌和创伤。"

---

[1] "冬赛馆事件"发生于 1942 年，当时法国维希政府大肆搜捕巴黎及附近的犹太人，其中有很多妇女儿童，都被送往集中营处死。

《桂河大桥》

皮埃尔·布尔

—

1952

出版《桂河大桥》的九年前，正值"二战"期间，皮埃尔·布尔是"自由法国"的间谍，在湄公河上被法国维希政府的拥护者俘虏了。接下来的两年，他被迫做了很多苦工，就在缅甸铁路（也叫"死亡铁路"）上。1942 年在中途岛战役中败给盟军的日本，需要一条通往缅甸的供给品运输线路，要比较牢固，不那么容易被攻占。最合理的选择可能就是修建曼谷到缅甸的铁路线。尽管无法消化庞大的劳动力，日军还是强迫战俘们来修铁路。工程完成了，但付出了巨大的代价。修路期间，一万三千名战俘死亡，另有十万名被强行征召来修路的亚裔工人也不幸丧生。这项工程最著名的部分大概就是 227 号桥，又名"桂河大桥"，桥下流过的河水当时属于湄公河。后来盟军的好几次进攻都把这座大桥作为目标，几番炮火之后，大桥最终遭到严重毁坏，无法使用。

《在路上》

杰克·凯鲁亚克

—

1957

　　《在路上》也许是"垮掉的一代"中诞生的最受欢迎的文学作品，杰克·凯鲁亚克大概也是"垮掉派"中最受欢迎的作家。这本小说的著名之处，就是极度意识流的写作风格。关于这个问题，凯鲁亚克告诉《巴黎评论》："你说什么风格？哦，《在路上》的风格啊。好吧，就像我说的，考利 [1] 早就对最初手稿的风格进行了修改，我根本没什么权利抱怨，但从那以后我的书都是写成什么样就出版成什么样，风格各异，从《铁路地球》极具实验性的速写法，到《特丽丝苔莎》那种内涵丰富的神秘主义。《地下人》就接近（陀思妥耶夫斯基的）《地下室手记》，那种疯狂的自白，还有《大瑟尔》中完美的三位一体，这本书是用流畅顺滑的文字来讲平淡的故事，再到《巴黎之悟》，那是我第一次酒不离身（干邑白兰地和麦芽酒）地写一本书……《梦之书》也别忘了有点像半梦半醒之人拿着铅笔在床边写下的文字……是的，用铅笔……这工作太妙了！睡眼蒙胧，精神失常，因为睡意茫然困惑，各种细节接踵而至，你把它们一一写下来，不明白究竟是什么意思。直到你真的起床了，喝了点咖啡，再回头去看那些文字，就看到梦有自己的逻辑和语言，明白吗？……最终，

---

[1]　指评论家马尔科姆·考利，凯鲁亚克在他的帮助下出版了《在路上》。

我在身心俱疲的中年决定慢下来，写了《杜洛兹的虚荣》，风格稳健了很多。之前多年我写的东西都那么晦涩难懂，早年的读者可以通过后来写的这本书，看看我的生活和思想在十年中经历了什么样的变化……毕竟，我能给读者看的也只有这些，讲述我见证过的真实故事，表达我对这些事情的观点。"

《百年孤独》

加夫列尔·加西亚·马尔克斯

—

1967

"我在看加西亚·马尔克斯写的书，"马尔克斯的文学代理卡门·巴尔塞斯（Carmen Balcells）接受《名利场》（*Vanity Fair*）杂志采访时说，"这是他比较早期的一本书。我对路易斯说，'这书也太棒了，路易斯，我们俩要同步地看'。于是我就复印了一份。我们两个都沉迷其中：多么新奇、多么具有独创性、多么令人激动的书啊！"

巴尔塞斯联系了马尔克斯，两人熟悉起来之后，前者帮后者争取到哈珀·罗出版公司的合同，签下了他下面的四本书。接着，马尔克斯就出发去了墨西哥的阿卡普尔科，之后又驱车回家，抛下一切的人和事，在打字机上写出了深藏心中二十年之久的那部小说。"这想法已经特别成熟了，"他说，"我甚至可以对打字员直接说出第一章的一字一句。"

十八个月，三万支烟，十二万比索，他写出了自己的《百年孤独》。为了写这部小说，他把自己的资产都变卖了，但后来的回报是成本的上千倍。他久久深藏心中的想法很简单：一个小乡村内大家庭的故事。马尔克斯虚构的马贡多城和他真正的家乡阿拉卡塔卡之间存在着交集，这点很明显。两座小镇都慢慢地衰退，变得贫穷，部分原因是一家外国水果公司在那片地区收购价格不菲的种植园。两个城镇都有外国定居者带来新技术，能够动摇甚至毁坏他们一直遵循的经济制度。两个城市总是爆发政府动乱，因为当时的拉丁美洲政坛，很少能有"稳定"可言。政府持续不断地垮台，在一定程度上给了马尔克斯灵感，描绘了布恩迪亚家族和马贡多逃不开的循环。他要传递的信息显而易见：如果不能承认过去，从过去中吸取教训，那么唯有重复悲剧。

《飞越疯人院》

肯·克西

一

1962

1958 年秋天，俄勒冈大学毕业生肯·克西回到故乡加州，进入斯坦福大学的创意写作中心，白天上学，晚上在门洛帕克退伍工人医院精神科病房做夜班助理。应一位斯坦福大学心理系研究生朋友的邀请，克西决定参加由中央情报局出资的一项研究，他就是一只"小白鼠"，供他们观察精神类药物的效果。这项研究叫作"MK 过量计划"，克西也能借机搞点儿禁药，消遣着用一用，因为试验药物中经常会出现 LSD 致幻剂。克西认为，使用致幻剂能够让人充分地认识自己的心理和精神，其效果无与伦比。于是他热情宣扬，要为这种药去除污名。他的心胸已经为新的思想与观点敞开，因此对精神科那些病人非常同情。

小说里的病房之所以那么像监狱，是因为当时多方掀起的民权运动也进入了美国的心理研究领域，鼓励病人离院治疗，这同时也在拷问各个精神病房治疗病人背后的道德问题。这方面的先锋是法国学者米歇尔·福柯（Michel Foucault），他说普遍的审查制度要求这些病房有一种看不见的纪律规则，这对全社会来说都非常可怕。

书名《飞越疯人院》[1] 来自一首童谣："水果薄荷玉米坡／苹果多刺结果果／铁丝尖刺缠一起／飞来三只鹅鹅鹅／一只飞到西／一只飞到东／一只飞过杜鹃窝。"

---

[1]　直译是"《飞跃杜鹃窝》"。

《赫索格》

索尔·贝娄

—

1964

索尔·贝娄的《赫索格》，讲的是一位犹太男子经历中年危机的故事。从很多方面来说，这部小说都有自传的性质。贝娄本人就在婚姻中遭遇了背叛，前妻与他的好朋友婚内出轨。和主人公一样，贝娄发现奸情之后，也投入另一个爱人的怀抱寻求安慰。而他也和主人公一样，经历这些事情时年纪正好在四十岁的后半段。两人还有着相似的背景，父亲都是从俄罗斯来到加拿大的酒贩子；他们自己都在芝加哥定居过一段时间。

不过，尽管《赫索格》中的自传因素如此明显，本书出版时，很多人都忽略了这一点。这主要得归因于书评人们，他们大多数都跟贝娄有私交，不想提及他刚刚离婚这件事。有些人写道，这是一部关于现代男人的报告，还有人称这本书是"一个重大突破"。几乎所有人都告诫读者，不要把这本书当自传来读，只是没有明确地解释原因。就连罗赛特·拉蒙特（Rosette Lamont）和杰克·路德维格（Jack Ludwig）这两个显然是书中人物原型的人，也把这部小说当成纯粹的虚构作品来读。

《戴珍珠耳环的少女》

特雷西·雪佛兰

—

1999

特雷西·雪佛兰这样描述《戴珍珠耳环的少女》的写作灵感："我选择了维米尔的画，是因为它又美又神秘。他画中那些孤独的女人们在做着家务：倒牛奶、读信、称金子、戴项链……我们通过这些画，偷偷窥探她们所属的那个世界。这似乎是一种秘密的行动，画中的女人似乎并不知道我们在看着她们，你能感觉画布之下有暗流涌动，有我们无法心知肚明的神秘事物。世人对维米尔知之甚少，这实在不符合常理。不过这反而皆大欢喜了，因为这样我就可以编造很多故事，不用担心这是否符合真实的史料……我熟悉他的很多作品，但给我最大灵感的当然是这幅画。这幅画的一张海报就挂在我卧室的墙上，从我十九岁起就一直陪着我。我经常躺在床上看着画，浮想联翩。这幅画真是给人留下了很大的遐想空间。我从来都猜不透这个少女在想什么，脸上的表情是什么意思。有时候感觉她很悲伤，有时又觉得她在诱惑对方。所以，几年前的一天早上，我躺在床上，为下一本书的主题忧心忡忡时，抬头看到了那幅画，就想维米尔对这个模特说了什么，做了什么，让她呈现这样的形象。那时我就把这个故事编好了。"

尽管很喜欢这幅画，雪佛兰还是坚称，她的小说并非取材于真实的故事。"那不是一个真实的故事。没人知道这个少女究竟是谁，也不知道他那些画里的别人到底是谁。世人对维米尔知之甚少，他没有留下笔墨，甚至连草稿都没有一幅，只有三十五幅画。极少数已知的事实来自法律文件：他的受洗、结婚、孩子出生、遗嘱……我很谨慎地完全还原这些已知的事实。比如，他与卡瑟琳娜·波尔内斯结了婚，生的孩子里面有十一个活了下来。别的事情就没这么简单明了了，我只能做出很多选择：他岳母的房子他可能住过，可能没住过（我决定让他住进去）；他结婚时改信了天主教，但不一定是因为凯瑟琳娜是天主教徒（我决定他是因为这个原因改变的）；他可能是发明显微镜的科学家安东尼·列文虎克的朋友（我决定他确实是）。但还有很多内容都是我信手编造的。"

《哈利·波特与魔法石》

J.K. 罗琳

一

1997

"找好公寓之后的一个周末，我独自一人坐火车回伦敦，写《哈利·波特》的想法就这样闯入我脑中。"J.K. 罗琳在一次采访中说，"一个骨瘦如柴、身材矮小、黑头发、戴眼镜的小男孩在我眼前，慢慢变得越来越像个巫师……当天晚上我就开始写《魔法石》。不过，最开始的几页和成书大相径庭。"本来罗琳是要在火车上就开始写这本书的，但她很害羞，不愿意找人借笔。"现在回想，那样对我来说最好了。我在火车上有整整四个小时的时间来整体构思这本书。"

写这本书真不容易。在写书的五年中，罗琳经历了好几次重大人生变故：先是母亲意外辞世。"那之后的九个月，我拼命逃避一切，在葡萄牙找了份工作，当语言学校的英语教师。我随身携带着手稿，希望能在那里写写。哈利·波特的父母也死了，这个情节给我的感受更真实，也更催泪。在葡萄牙的第一周，我写了《魔法石》中自己最喜欢的一章，'厄里斯魔镜'。我本来希望，等从葡萄牙回去时这本书已经写完了。

> "本来罗琳是要在火车上就开始写这本书的，但她很害羞，不愿意找人借笔。"

但我带回去的是另一件更好的东西，我的女儿杰西卡。婚姻没能走到最后，但我拥有了生命中最贵重的珍宝。"

当了妈妈的罗琳前所未有地珍惜时间。她说，"只要婴儿车里的杰西卡一睡着，我就冲到咖啡馆，能写多少写多少。几乎每天晚上我都会写作。然后，我还要自己打字。有时候我都有点恨这本书，不过当然还是永久地爱着它。"

译后记

躲不开的好故事

我曾经是个比较粗糙的文艺青年，爱听古典乐，却很少去区分巴赫、莫扎特和肖邦的风格差异；爱看电影，也不能一眼就看出特定的叙事或画面属于某某导演；阅读上没有什么偏好，只求愉悦，但凡能让我全神贯注一口气读完的，在我这儿都是好书。这样的习惯倒是让我总能保持好心态，只关注文艺作品本身，不牵扯对创作者性格人品的好恶，也算纯粹。偶尔还能自我陶醉，说自己有五柳先生"不求甚解"之风。现在，我已经从一个比较粗糙的文艺青年，变成一个并不够格称为文艺青年的"字匠"了，但那是无情岁月杀猪刀的另一个故事，按下不表。

然而文艺作品不是理科公式，哪能只靠表面呈现的结果定义呢？无论你在不在意，创作者的影子、心理、思想甚至生命，都已经深深镌刻其中，任何作品都是作家对自我的表达。有时候着实直截了当：你看看海明威那张沟壑纵横的硬汉脸，莫不会感觉光阴坎坷、上山下海，眼前飘起"乞力马扎罗的雪"，浮现出黑色波涛之上与大海搏斗的老人？有时则需深挖：勃朗特三姐妹的画像多么英式淑女，多么岁月静好，了解之后才知三人命运坎坷，均不幸早逝。有了这些背景资料，大概更能明白《呼啸山庄》的风雨飘摇与《简·爱》扯肺撕腑的呐喊。

这几年非虚构写作悄然盛行，我的阅读和翻译偏好也跟着转向非虚构作品，好像一想到书里的事情真实发生过，那感受便来得更切肤，更"扎心"。然而内心对小说家的敬意也从未曾消解。试想你我枯坐家中，用文字凭空建立起一个或大或小、真实可信（或有理有据的虚幻）的世界，要往里增添布景、天气、人物、事件……还要考虑时代、逻辑、上下文、隐藏在文字背后的深刻含义，有象征意义的各种意象……哎呀呀，多么难于登天！写出这些故事的小说家们，莫不是有神相助？每当读到精彩的小说，由文字浮现出鲜明的画面感，我就会想，要是小说家们生在现代，懂编程，做出来的游戏一定比现在的各种网游和手游精彩百倍。

这部《一本书就是一个喷嚏》，便回答了我的问题。你可以把它作为一本工具书，或一本简要的"编外文学史"，当然它没有按照年代类型来一板一眼地罗列作家作品，进行内容简介、文字赏析，而是告诉你，在这些文学作品平地惊雷震动世界之前，作家经历了怎样的"神助"，在怎样的灵感微光照耀下才落了笔。正如作者本人在引言中说的，了解作家的生活与阅读经历，能帮助你在欣赏文学作品时，去思考每一笔每一划凝聚了怎样的感情，获得更丰富的体验。弗朗西斯·培根曾说过，"读书……其怡情也，最见于独处幽居之时；其傅彩也，最见于高谈阔论之中……"。（表白我的翻译明灯王佐良先生）这本书，大概也是一本"怡情傅彩"之书，小小一本，既能在雨后夜深轻松一读，也能把其中这些逸闻趣事拿来做文友聚会的上好谈资。

当然也可以把它看作一本"骨骼清奇"的"怪书"。原来那些滋养我们许久，已经如老朋友般熟悉的文学作品，还有这许多千奇百怪的打开方式呢。小时候看得我咯咯直笑的《绿鸡蛋和火腿》，竟然是苏斯博士和朋友打赌的结果！（"苏斯博士"系列我一定会完完整整地讲给未来的孩子听，其实搞不好妈妈比她／他看得还嗨，哈哈。）亨利·福特在《美丽新世界》里成为面目可惧的大神，竟然得要他的自传背锅；《查理和巧克力工厂》看似皆大欢喜、温情感人，其实是达尔在工业规模化时代为中小作坊发出的呐喊；《危情十日》里那个给我留下童年阴影的安妮大妈，竟然是斯蒂芬·金药瘾的化身；感谢在威尔希尔大道上拦下布拉德伯里的那位警官，没有他的专横和训斥，就没有我曾经读得无比投入和折服的《华氏451》；大学时我组织的戏剧社曾经出演过《萨勒姆的女巫》，但直到读了这本书，我才知道，剧本中的种种恐怖与荒谬，影射的是美国历史上真实而可怕的一段时期；作为《哈利·波特》（又一本必定要跟臆想中的小小孩童分享的书）的二十年"铁粉"，罗琳在飞驰的火车车窗上看到一个小男巫在招手的故事，我自然早已经耳熟能详，但在书里看到这个故事压轴，还是一阵激动，大赞作者是"同路人"。总之，阅读与翻译的过程中，我略有点"精分"，时而惊叹"啊！竟然是这样！"时而感慨"这本书就该他写啊！"时而又默默会心一笑，或者中断翻译，再翻出已阅的经典，带着全新的眼光重新读一读。咦，好像我已经如作者所说，获得了更丰富的阅读体验呢。

对中西文学的爱难分伯仲的我，翻这本书时总忍不住想，中国的文学作品，似乎也有很多有趣的来历呢。白居易的诗一定要交给乡野老妪过目修改；李白的诗歌里总是飘着酒香；老舍听一位朋友讲起车夫三起三落的人生，几句简单的叙述催生了《骆驼祥子》；在父母的争吵声中，年少孤寂的张爱玲跑到阳台上去看那"毛毛的黄月亮"，后来就有了《金锁记》里"三十年前的上海，一个有月亮的晚上"。有时我翻着翻着，会想象中外文学大家们打破次元壁，跨越时代与空间的阻隔，汇聚一堂，窃窃私语各自深藏的文坛八卦，再高谈阔论一番创作由来，聊聊某部作品是如何开的脑洞，那可真是谈笑鸿儒、星光熠熠。在我们这些文字"养子"心中，他们多么引人注目、令人钦羡，真正是上红毯走花路的明星呀。

翻译这些脑洞大开的起源故事时，我每每挑其中有趣有味或令人拍案惊奇的讲给身边人听："你知道吗？怀特真的养了一群小蜘蛛，才写出了《夏洛的网》！"有时候也会打趣，"玛格丽特简直有个模范老公啊！跑去图书馆给她借书，还鼓励她写作！要是你能这样，我怕是早就成大文豪了！"……好像每一个故事的起源，都能单独成为一个精彩的睡前故事。译者总是独自对着书稿、键盘和屏幕，和虚拟世界的作家进行隔空交流，现实中能有人分享翻译内容也是一大幸事：与你在一起的每一天，都是平凡而美妙的好故事，谢谢你给我温暖美好的爱，让我勇敢前行。

本书书名来自 E.B. 怀特的话："一本书就是一个喷嚏"，仿佛把成书的过程完全变成一拍脑门的偶然。但我想，即使真的是个喷嚏，也早就躲在作家们的鼻子中，等着某一天有什么东西（比如一根狗尾巴草）来撩一撩，借着鼻子一痒，"啊嚏"一声打出来。看完这 202个喷嚏，说不定第 203 个震惊世界的喷嚏，就要从你鼻子里打出来呢。

劲儿大的喷嚏，哪里躲得开呢。作家们躲不开扑面而来的灵感。我们躲不开动人心弦的好故事。

何雨珈

2018 年秋末

图书在版编目（CIP）数据

一本书就是一个喷嚏：202部伟大作品如何诞生？/
(美) 杰克·格罗根著；何雨珈译.--北京：中信出版
社，2019.6

书名原文：Origins of a Story:202 true
inspirations behind the world's greatest
literature

ISBN 978-7-5086-9718-5

Ⅰ.①—… Ⅱ.①杰… ②何… Ⅲ.①世界文学—文
学评论—文集 Ⅳ.①I106-53

中国版本图书馆CIP数据核字（2018）第249267号

一本书就是一个喷嚏——202部伟大作品如何诞生？

著　者：[美] 杰克·格罗根
译　者：何雨珈
出版发行：中信出版集团股份有限公司
　　　　　（北京市朝阳区惠新东街甲4号富盛大厦2座　邮编　100029）
承 印 者：中国电影出版社印刷厂

开　本：880mm×1230mm　1/32　　印　张：8.875　　字　数：135千字
版　次：2019年6月第1版　　　　　　印　次：2019年6月第1次印刷
京权图字：01-2018-7876　　　　　　广告经营许可证：京朝工商广字第8087号
书　号：ISBN 978-7-5086-9718-5
定　价：58.00元